100回泣くこと

100次哭泣

(日)中村航 著
魏丽华 译

青岛出版社

图书在版编目(CIP)数据

100次哭泣 /(日)中村航著;魏丽华译 . —青岛:青岛出版社, 2017.1
ISBN 978-7-5552-4986-3

Ⅰ. ①1… Ⅱ. ①中… ②魏… Ⅲ. ①长篇小说 – 日本 – 现代 Ⅳ. ①I313.45

中国版本图书馆 CIP 数据核字(2017)第 042018 号

100 KAI NAKU KOTO
by Kou NAKAMURA
©2007 Kou NAKAMURA
All rights reserved.
Original Japanese edition published by SHOGAKUKAN.
Chinese translation rights in China (excluding Hong Kong, Macao and Taiwan) arranged with SHOGAKUKAN through Shanghai Viz Communication Inc.

山东省版权局著作权合同登记号 图字:15-2009-154 号

书　　名	100次哭泣(青鸟文库)
著　　者	(日)中村航
译　　者	魏丽华
出版发行	青岛出版社
社　　址	青岛市海尔路 182 号(266061)
本社网址	http://www.qdpub.com
邮购电话	13335059110　0532-68068026
责任编辑	杨成舜　霍芳芳
特约编辑	张姗姗
封面设计	毛　增
照　　排	青岛双星华信印刷有限公司
印　　刷	青岛双星华信印刷有限公司
出版日期	2017 年 7 月第 1 版　2018 年 8 月第 3 次印刷
开　　本	32 开(710mm×1000mm)
印　　张	6.25
字　　数	90 千
印　　数	8001-13000
书　　号	ISBN 978-7-5552-4986-3
定　　价	20.00 元

编校印装质量、盗版监督服务电话　4006532017　0532-68068638
本书建议陈列类别:日本 / 文学 / 畅销

目录

第一章　狗和摩托　/　001
第二章　素描本　/　067
第三章　封闭的盒子　/　111
第四章　箱子里面　/　171

第一章 狗和摩托

1

妈妈从老家来电话说,狗狗不行了。

工作以后我就没回过老家,上次看到它已经是四年之前的事了。狗狗是我高中毕业那年春天捡回家的,算起来有8岁了,应该是"老龄"了,但我总觉得它离死亡还很远。

脑海中浮现出狗狗的模样:茶色的小母狗,全身覆盖着长长的毛,虽然并非纯种,但溜圆的脑门和黑幽幽的眼睛十分惹人喜爱。

妈妈在电话里慢慢地说着:

"上回就发作过一次的啊。"

妈妈又提起去年狗狗突发急病的事。

一天,狗狗的全身突然没有任何征兆地肿了起来。还没等大家回过神来,第二天它就开始意识模糊,无法迈步了。上医院一查,BUN值(血尿素氮与肌酐之比）超过了170，属于重度肾功能不全。

医生说它能活着本身就是个奇迹，妈妈听得眼泪汪汪。狗狗闭着眼睛躺在诊疗台上。为了减轻它身体的水肿，给它喝了利尿剂，但却毫不见效。

狗狗就这样住院了，每天躺在属于它的小小的房间里打着点滴。透过圆形的窗户，依稀能看见它微微起伏的白色腹部，勉强表明它仍然活着。

一天一天过去了，狗狗没有任何好转，身上插着输液管，悄无声息地躺在那间小小的房间里。

"那天你爸也在，应该是礼拜三吧！"

妈妈一边回忆一边说。

妈妈说的是，住院后狗狗第一次睁开眼睛好像是在某个周三的上午。隔着窗户，狗狗用虚弱的眼睛看着爸爸和妈妈。

爸爸叫了一声"哦"，妈妈说"这边，这边"。眼泪快要夺眶而出的妈妈，敲着窗户和狗狗打着招呼。

狗狗微微张了张嘴，尾巴动了动，像被风吹过一样。据说狗狗确实看着爸爸和妈妈动了动尾巴。

"那时候,它可能是看到了我们,就来劲儿了。"

妈妈用了"来劲儿"这个词。

那天以后,狗狗的身体渐渐好转,意识也逐渐恢复,每次见面,尾巴也摇得越来越有劲,水肿也渐渐消去了,最后还重新站了起来,连医生都觉得是个奇迹。

"它肯定是想回家了。"

出院那天,躺在妈妈怀里的狗狗显得特别安静。

"到了家,它东瞅瞅西看看,很开心的样子。"

妈妈说她至今也忘不了狗狗刚回家时的神情。

接下来的一年,狗狗一直在家养病,据说这种病会不断恶化,无法治愈,只能想法提高它的生活质量,延缓病情恶化的速度。

狗狗一直在吃药,帮助排出身体中的毒素,同时还坚持食疗,尤其注意饮食的低磷、低钠,补充优质蛋白。天气好的时候就散散步,累了就睡觉,还定期去医院验血(据说狗狗打心眼儿里讨厌打针)。

这样又平平安安地过了一年。

人们都说狗活一年相当于人活七年。如此说来，狗狗已经与病魔抗争了七年之久了。不知从何时开始，它的眼睛瞎了，耳朵也聋了，也不知鼻子是否还能分辨不同的味道。妈妈说这几个月它也不散步了，对外界的各种刺激仿佛也失去了兴趣。

昨天，狗狗躺下就不起来了。妈妈说，抚摸它跟它说话的时候，它偶尔会微微地睁开眼睛。

"还能挨到周末吗？"

我问。

"不清楚啊。"

妈妈叹了口气，嘟囔了一句就沉默了。

"或许不行了。"

狗狗是我捡回来的。复读的那一年，狗狗和我相依为命。在二楼阴面那间屋子里，我复习，狗狗睡觉。

小狗真的就这么能睡吗？

当时我也没有多想，然而现在却让我有些怀疑。在我伏案苦读的时候，狗狗大部分时间都用在睡觉上了。

当我累了，站起身伸个懒腰的时候，狗狗好像感觉到了什么，会突然从梦中醒来跑到我身边。它抖动着身体，脖子上的铃铛丁零丁零地响着，抬头看我时那溜圆的脑门十分惹人怜爱。

然后，狗狗会在家里遛上一圈，烦了的时候就会回到闹钟旁边。不知为什么，狗狗总是喜欢挨着闹钟睡觉。后来我才知道，闹钟滴滴答答的声音能让狗狗回忆起狗妈妈的心跳，这样就能睡得更香。

春天到了，我考上了大学，也告别了狗狗。

"你啊。"

我能听到电话那头妈妈在对狗狗说话。

"还能坚持四天吗？"

狗狗会用什么样的表情来回答妈妈的问题呢……我又想起了它那溜圆的脑门和黑幽幽的眼睛。

我的脑海中想象着狗狗会抬头看着妈妈说："我会加油的。"

"或许能挨到周末吧。"

妈妈自我安慰道。

"我知道了。"我说,"星期天就回去"。

我在日历上,在四天之后的、红色标志的星期天处写上了"BOOK"。

"再见",说完我挂了电话。

2

我是在图书馆停车场旁遇到狗狗的。

刚开始复读的时候,我每天都在图书馆学习。那天,如同任何一个春日一般,图书馆依然充满着温馨而怀旧的气氛。在一群安静的老人和同龄的高考生中间,我正解答着复数平面问题。

通过对精选习题的解答,可以掌握快速而多样的解题方法。然而,这是去年的做法,今年需要更进一步才行。不是仅仅对付所谓精选的习题,还要注重难解的实用性问题,就算每天解决两三道也行。

整整一个下午,我终于解决了两道问题,准备开始第三道。此时的我可谓毫无头绪,馆内的荧光灯亮了起来。

合上《高考数学》,我的目光转向窗外。春天的黄昏,所有的声音与颜色都变得稀薄起来。四五个小学生围着一个箱子模样的东西。

我背上包站了起来。

穿过图书馆,用劲儿地踩着台阶向下,旅游鞋与地面发出"吱吱"的摩擦声。我的脑海中浮现出那些小学生,心中生出一种莫名的预感。

穿过自动门,我沿着墙边走边想。小学生围着的到底是什么呢?稀罕的卡片?盒子?昆虫?颜色?形状?

转过弯,在停车场前终于看到了小学生们的背影,不知什么时候只剩下三个人了。

走近一看,他们围着的是一个小小的瓦楞纸箱。稀罕的瓦楞纸箱?上面似乎写着什么字。……"鸣门系"。什么意思?再往前走,又看见了"和布"(裙带菜)两个字。难道是"鸣门系(jì)和布"?或许应该是"鸣门系(xì)和布"?

他们中的一个注意到了我,抬起头来,剩下的两个也回过头来看我。我装出一副和蔼可亲的大哥哥样子,朝纸箱里看去。

里面是一只小狗。

一只手掌般大小的小狗。真小啊！怎么能这么小！一看就知道是刚出生不久。

我加入到他们中间，弯下腰来。仔细一看，发现小狗在微微地颤抖，是那种刚出生的小动物特有的不安而无助的颤抖。

我小心翼翼地把它抱了起来。小狗的身体温暖而湿润，头朝下，眼睛看着别处。小学生们都饶有兴趣地看着我。

"……谁愿意收养它？"

我看了看这三个小学生，感觉自己就像海盗在抢劫他人发现的宝物。

"我可不行。"

看上去似乎最聪明的那个小光头回答说。

"我也不行。"

中间的"眼镜儿"说道。剩下的那个"黄帽子"一直沉默不语，也不知在想些什么。

"那，我来收养吧？"

我对小光头说。我把他当成他们的"头儿"，只要满足了他的自尊心，就没什么问题了。

"没问题。"

小光头毫不犹豫地说道。

"好。"我说,"那就由我来抚养它长大。你们想跟它玩的时候,随时欢迎到赤坂二丁目藤井家来。"

小光头和中间的"眼镜儿"都笑了起来。

"是你们最先发现它的,给它取个名字留作纪念吧。"

三个人互相看了看。

"它是公的?"我问道。

"公的。"中间的"眼镜儿"很自信地回答道。(因为"眼镜儿"的这句话,一直到狗狗来月经之前,我们全家都毫不怀疑地认定是公狗。)

"那就取一个公狗的名字吧。"

我对小光头说。

"嗯……"

小光头迟疑着。

"眼镜儿"双眉紧锁,似乎觉得很难办。"黄帽子"不知在想什么,嘴巴半张着看着小狗。

我想这对他们来说可能有点难。小学生最大的特长是模仿而非创造。

"……阿贡。"

"黄帽子"第一次张口说话。

"那是你家兔子的名字!"

"不行,不行,太差劲儿了!"

我觉得名字还行,不曾想如此轻易地就被他们否决了。

"还有别的吗?"

我看了看他们三个。

"和布"中间的"眼镜儿"说。这是源自纸箱上文字的一个好主意。

"公的不行。"

小光头冷静地说。小学生们安静了下来。

"……好了,我知道了。"我说,"我来定吧。"

我必须取一个让他们都能信服的名字,这些小学生厉害得很。

如果不能取一个超过"和布"的名字,我就没有资格把小狗带走,更没脸上大学了。

"它的名字叫……"

我的眼光落在箱子上,小狗蜷缩着,身上盖着一条毛巾。适合它的好记又好听的名字?小狗全身都长着短短的茶色卷毛。真小啊……

"……好。"我说,"既然是在图书馆,就叫BOOK吧。"

"BOOK?!"

小光头的声音有些奇怪。

中间的"眼镜儿"会心地笑了,"黄帽子"也露出一副高兴的神情。行了,应该过关了。

我抱起BOOK把它放进怀里,只露出一张小脸。小狗仿佛已经准备接受任何命运的安排,只是低着头看着前方。

小光头说:"那就再见了,BOOK!"说着就伸手摸了摸小狗的头。我等他们摸了一会儿才骑上车。

"欢迎随时来玩哦。赤坂二丁目的藤井家。"

"会去的。"小光头露出成人一般的神情。

"砰砰砰……"

脚蹬踏板，二冲程摩托的发动机轰鸣起来。我调整了一下小狗的位置，让它紧贴着我的腹部，掉转车头，小学生们退开为我们让开了路。

"走了，BOOK！"

离合器运转，摩托飞奔向前。发动机的回转传递到后轮，轮胎紧紧地抓住地面。怀里有一股暖烘烘的感觉，我能感觉到小狗的体重和它全身所散发出来的小小生命力。

我挂上二挡，摩托的速度也随之快了起来，能听到身后传来呼唤BOOK的声音以及随后的笑声。我让发动机又轰鸣了两下回应他们，又是一阵笑声传了过来。我换上三挡，摩托斜穿进入与图书馆相邻的文化会馆的停车场。

经过出口处地上的铁板时，摩托发出"咯噔"的巨响。"咯噔"，一种适合初春黄昏且极具穿透力的美妙声音。

回到家，把BOOK放到二楼的房间，为它买来专门的小狗食品，还喂了水。

小狗接受了离开妈妈的事实，也接受了被遗弃在纸箱里的事实。它喝着水，看上去仿佛也完全接受了被我捡回家并取名BOOK的事实。虽然看起来过于随遇而安，但事实的确如此。

等我收拾完盘子回来，发现小狗已经在被子上睡着了。可能是太累了吧，它睡得四仰八叉，连舌头也吐出了一半。真是太可爱了，睡得真香啊！

BOOK真是一只能睡的小狗。

它似乎特别喜欢睡在闹钟旁边，不分昼夜都在那儿睡觉。这样我也就无法使用闹钟了。BOOK好不容易喜欢上了一个理想的栖身之所，如果突然被闹铃惊醒，该是多么令人恐惧而扫兴的事儿啊！于是我决定用收录机来代替闹钟。我和BOOK每天早晨都在收音机的英语会话中醒来。

BOOK醒来后就在房间里走来走去，烦了就离开房间，到家中各处探险，过一会儿就会回来继续睡觉。

微分、积分、导函数、矢量、矩阵、高次方程式、极限、概率分布、统计……伴随着BOOK的呼吸，我继续攻克《高考数学》。我觉得与BOOK待在一起,比在图书馆的效率要高。

闹钟"滴答滴答"地走着,BOOK一点一点地长大。

夏天来了。

我开始带BOOK到河滩玩耍,权当散步。

黄昏前我们就出发,发动摩托,把BOOK抱起来放入怀中,只露出小脸,固定好位置。虽然才刚刚几个月,但BOOK已经比刚捡回来时重了许多。

我们从省道向东。BOOK迎着风,眯着眼,目光坚定地望着前方。我很想为BOOK准备一个防风镜,但却无法找到。身旁偶尔有车经过,车上的情侣看着我们微笑着。

快到揖斐川时,我们出省道向左拐,在堤坝上直行一段,然后下到河岸地,在固定的地方停好车,在固定的石头上坐下,这时BOOK就会从我的怀中爬出来。

BOOK轻快地向前走着,看着河面。河滩上的风总是很大。脱下头盔,可以听到远处列车经过铁路桥发出的声音。夕阳西下，天空渐渐暗了下来。

点燃打火机，我开始抽烟。

BOOK不会走太远，基本和在家时走动的距离相差无几。它时不时还会嗅一嗅青草和石头的味道。

当我从口袋里拿出小布球时，BOOK会高兴地抬头看我。我把小布球轻轻抛出去，BOOK先是盯着球的方向，然后又会回头高兴地望着我。等到我说"去捡回来"时，它才会轻快地跑过去。

我疯了似的在河滩上跑起来，BOOK在我身后使劲跟着我。

跑累了，我就扔石子儿玩，趴在地上采用"低手投球"的方式。石子儿在河面上跳跃着，溅起点点水花。BOOK在一旁张着嘴看着。

我指着河对岸，对它说"去捡回来"，BOOK抬头看着我，仿佛在无声地抗议："逗我玩儿呢！"好一个可爱的小家伙。

我也曾试过扔下BOOK不管，想试试它能跟我多远。

开始时，BOOK会使劲追赶在堤坝上加速行驶的摩托，但不久就放弃了。后视镜中BOOK的身影越来越小。

过了一会儿，折回去一看，BOOK乖乖坐在我扔在地上的棒球手套旁。它的神情告诉我，它知道我肯定会回来的。我抚摸着它的头说道："真聪明！"这时，BOOK会微微摇动着尾巴，仿佛在说："我知道你会回来。"好一个可爱的小家伙。

我们一直待到天黑才驾车回来。无论秋冬，只要不下雨，我们每天都会去河滩。

春天到来的时候，我和BOOK告别。当我摸着它的头跟它再见的时候，它高兴地使劲儿摇着尾巴。

我又想起图书馆那几个小学生，他们没有再来找过我。当然，小学生们一般都是这样的。

3

"开摩托回去吧。"

女友在电话里说。

"开摩托啊……"

我曾经和她说过多次有关BOOK的事情。

骑摩托捡回来的狗狗,听到摩托的声音就会异常兴奋,而且对四冲程的摩托毫无反应,只对二冲程的摩托情有独钟。上大学之后我第一次回家,当它听到久违的摩托声时高兴地跑来蹦去,最后竟然控制不住尿了出来。

"我的确想这样呢。"我说。

"很久没有用过了,发动机可能启动不了了。"

"是嘛……"她沉默了一会儿。

真是一个安静的夜晚啊。

电话那头静悄悄的,我知道她在沉思。深夜的电话总是那么贴心。

"……发动机发动不了吗?"她问道。

"嗯。"我想了想,已经有将近四年没有动过了。

"可能有些困难,花点时间应该能修好。"

"那不管怎么样,先修了试试看吧。周六我也来帮忙。"

"嗯,但是……"

我们都陷入了沉默之中。

电话那头依旧沉默,我不禁想起了停车场里的摩托。简陋的长明灯下那种永恒的寂静以及钢铁那种特有的冰凉,车上覆盖着厚厚的一层灰尘了吧。

"试试看吧。"她又说道。

虽然摩托重新"复活"的希望甚为渺茫,但为了BOOK,我能做到的只有这点了。

"……好,明天我就去试试。"

"太棒了!"她高兴地说,"没问题的,好像一本书上说过,没有修不好的摩托。"

"不可能吧?"

"嗯。"

"哈哈。"我笑了起来。

"周六穿上耐脏的衣服来吧。"

"就这么定了。"

夜越来越深了，我俩又陷入新一轮的沉默之中。

在我说再见之前，她说："我……"

"感觉BOOK可能不行了，但摩托应该可以活过来，我的说法可能有些怪。"

"嗯。"

我感觉还有什么没有说完，但想说的一切如同浓雾一般，难以把握。

我将意识集中到那团浓雾之中，但却无法形成可以表达的语言。我静静地呼吸着，感觉夜色仿佛渐渐笼罩了全身。

"那……"

我说。

"嗯。"

"晚安。"

"嗯，晚安。"

又等了一会儿，我才放下了话筒。

4

六点不到我就起床,拉开窗帘。

这是一个清爽的早晨,阳光洒满了房间的每个角落。我穿上旧牛仔,坐下喝咖啡。

接满水,我拎着桶出了门。把水桶放在公寓后面的路上,独自走向停车场。

停车场就在公寓的旁边,阳光照耀不到。可以看见两辆自行车和一辆轻便摩托支了出来,对面大约20辆自行车整齐地排列着。

越朝里看,"自行车"的感觉越发显得不真实,越来越厚重的灰尘遮盖了原来的颜色,有的两个车胎都瘪了,有的辐条已经断了,最里面孤独地停着的是我那辆摩托。

以前它和我可谓是形影不离。

每次从停车场经过我都装作它不存在的样子,

但是四年间它却一直静静地守候在那儿。春天到了，催税的单子也寄到了，我有些犹豫是否应该将它当作报废车辆，但是最后还是决定将它留下来，并交了 2400 日元的税。

戴上手套，我握住车把，放下支架，推动摩托，吱吱嘎嘎，一阵刺耳的声音响起。

费了一番周折，我将车推出停车场，又是一阵吱吱嘎嘎的难听又刺耳的声音。我把车一直推到放水桶的地方，支上支架停好。走出去大约三步的距离，我再次全方位打量着它。

朝阳下的车身上布满了灰尘，就像刚出土的文物。

头上传来乌鸦飞过的叫声。

我专心地洗车，水用完了就回去再接，第二桶水。我用刷子使劲儿刷着车身，第三桶水。污水朝路边的下水道流去，第四桶水。又传来乌鸦的叫声，第五桶水。车身上滴下来的水终于变得透明起来，第六桶水。完工，第七桶水。

最后，我用旧 T 恤擦干了车身。然后用袖子擦了擦汗，再次打量了一下。

朝阳下的摩托闪闪发光。

上漆的车身以及塑料部件都熠熠生辉。我把旧T恤扔进空桶里，说了声"好了"。

从外表看来，车子又重新复活了。那些像皮肤一样覆盖在表面的灰尘防止了车的氧化，只是车架和排气管有些生锈，车链也没有问题，燃烧室部分却完全生锈了，但看起来那茶色就像是原色一样。

"好了。"我说。

剩下的就是发动机能否发动的问题了，也有可能非常简单。我慢慢回忆起来，当时为了更好地让车过冬，我还采取过一些"防寒措施"。对，我是一个温柔的车手。

再次说了声"好了"，我拍了拍车座。

四点从公司下班我就直奔上野的摩托大街，买了一个新型的蓄电池，在等着充电的时候又买了一个电线插头、空气滤清器和机油。余下的时间就在附近的牛肉盖浇饭店吃了顿便餐。修摩托的时候最适合吃这种饭了。

拿上充完电的电池我就回了家，背上工具包后再次来到停车场。

我把摩托一直推到附近的投币洗衣店。在那儿修的话可以有充分的照明，只要时间不是太长，别人一般也不会说闲话。

在空无一人的投币洗衣店里，干燥机的滚筒不停地转动着。我停好摩托，赶快开始修理。

首先取下空气滤清器，拔下插头。从外观上看好像并没有问题，但我还是决定把它们全都换成新的，并且又加了一点儿油。

卸下座位，查看里面的蓄电池，电极板四周布满了珊瑚一般的大量白色粉末。没有过多地考虑这些问题，我利索地换上新电池。

我又确认了一下配线，将钥匙拨到"NO"的位置上，车灯静静地照向前方。

"行了。"我说。就看下面的了，到关键时刻了。

取下油箱盖，四年前的满满一箱汽油，现在看上去有些怪异。我晃了晃油箱，液面动了动。

长时间搁置的这箱汽油并未变质，只不过重新变成了沉睡地下多年的黑色液体。用手电照了照，没有锈，也没有其他杂质，只是完全丧失了汽油本身应该具备的气味与挥发性。四年的时间足以将牛奶变成黄油，就是这个道理。

洗衣房的干燥机停止了转动，四周突然安静了下来。

这种情况下发动机估计够呛，我决定重新加油。我将换下来的零部件收拾好，背上工具包，推上车走向加油站。

天空一轮满月。

看了看里程表，已经超过了两万公里，准确地说是20106公里，还真是跑了不少路呢。中学时学过：环绕赤道一周约4万公里。这样算来，我和我的摩托已经绕赤道半圈了。在那以后，摩托在停车场沉睡了四年，而我开始了工作，并有了女朋友。

一辆很高的车的灯光从身后照过来，我和摩托的影子向前方延伸着，当它超过我们时，影子就又向后伸展。到前天为止，摩托和BOOK都从未出现在我的脑海之中。看着远方车的尾灯,我和摩托慢慢在夜色中前行。

当里程表指向20107公里时,我们来到了加油站。握紧刹车,摩托重重地停下来。我的背上早已汗如雨下。

服务员走了过来,一副询问的神情。当我解释清楚原委时,他笑了笑,说没问题。

他让我把车推到另一边,并为我拿来塑料桶装废油。

"油放完叫我一声。"

他并未走开,当我拿出工具来的时候,他突然"啊"了一声。

"兄弟,不是这个扳手,没有双头眼镜扳手?"

"哎呀,没有。"

"等会儿给你找找。"

他嘴里嘟囔着"眼镜"、"眼镜",一路小跑着进屋里去了。我放下扳手等着他。

"用这个。"他说。

"谢谢。"

"你那个不行,说句实话。"

"嗯,这个好用。"

我把扳手套到过滤器盖上,使劲向右转。

"怎么样?是不是有什么东西粘在上面?"

我用手指擦了擦过滤器盖,上面有茶色的液体和铁锈样的东西。他仔细看了看,叹了口气。

"哎,坏事了。不行了。油箱上锈了。不管它,先把油全弄出来。"

"好。"

我把开关拧到"储备"的位置,油流向了塑料桶。

"太棒了,哦——"

他高兴地说。

"不行了,这个。"

他探头看了看桶里面。

"这个,放了多久了?"

"四年了。"

"四年!"他惊讶地说。

"汽油得换了,不然不行,说句实话。"

我们并排看着液体流下来。他的胸牌上写着"服务员加藤"。车灯从我们身后照过来,回头看,有车从我们这边进来了。

"欢迎光临!"

加藤叫着,朝着那辆车跑了过去。

"倒,倒,倒,倒,倒。"加藤的声音在夜色中回荡着,"好了,OK。"

我的视线又回到那落下的液体上,已经快半桶了。这怪异的茶色液体到底是什么呢?四年的时间足以把黄豆变成酱油吗?流速越来越慢了。

"谢谢了!"

不一会儿,加藤的声音又响了起来,接着是汽车发动的声音。

加藤回到我身边,问:"怎么样了?"

"大部分都流出来了。"

"太好了,加入新油试试,把开关关上。"

关上开关,最后一大滴汽油落了下来。加藤把油枪插入加油口,笑了。

"刚才给那位客人加油的时候,悄悄剩了点。"

油枪里还有两公升左右汽油，加藤把它加到我的摩托里。

"那个。"我说，"这样行吗？"

"没关系，没关系。这点儿看不出来。"

"加藤……"

"嗯？"

"真谢谢你。我会一辈子把你当朋友的。"

哈哈哈，他笑了起来，盖上盖子。卡车从我们面前的国道上轰鸣而过。

"那，你开开试试。"

我跨了上去。

"抬起腰摇摇看，使点儿劲。"

我慢慢地使上劲，摇了摇摩托。

"对，就这样，再使点儿劲，再使点儿，再来点儿，再来点儿。"

加藤大声说。

"使劲儿摇，幅度大点儿，对，就这样，对，好，好。"

我就像猴子骑骆驼一样，使劲儿摇着摩托。

"对，再使点儿劲，再来，再来，再加点儿劲。"

摩托像REDEO发动机一样剧烈地摇动着。

"好啦，OK了。"

加藤使劲儿拍着摩托，仿佛要让脱缰的野马停下来一样，然后他伸手下去，打开了过滤器的开关。

"哦，还在往外出呢，脏的。"

加藤笑着说。

"就这样慢点儿摇，轻一点儿。"

我照他说的那样轻轻晃动着摩托，就像晃动摇篮一样。

"哦，好了，好了。对，就是这个感觉。轻轻地，慢慢地。"

他的声音柔和了起来。

廉价的音响播放着调频广播，一个女声在演唱："我们在世界中心——"

"差不多了。你下来吧。"

我从车上下来。

"要让废油全部出来，咱们把车抬起来，你抬那边。"

加藤抓着右把手,我抓着左边。

一二三,我们一起使劲,车身就像带鱼一样被抬了起来。

"好了,好了,出来了,出来了。"

加藤侧眼看着过滤器。

"再来一下。"

加藤说。

"再来。"

加藤说。

"……好,放下来吧。"

我们让前轮慢慢着地。

"嗯。"加藤说,"还会一点点出来,先休息一下吧。"

"好。"

加藤先站了起来,走向休息室。广播里的女声又唱起了"遇到你是我一生的奇迹"。

"喝点儿咖啡吧。"

我将硬币塞进休息室的自动售货机说。

"哦,不好意思,谢谢啦。"加藤说,"我要那种长罐的,对,就是那种蓝色的。"

我买了两罐蓝色的,递给加藤一罐。然后,我们坐在休息用的椅子上。

"待会儿就加上新汽油,看看能不能发动。"

加藤一边拉着拉环一边说。

"放了四年就不好说了,说句实话。如果不行的话,就只剩下化油器了。"

"化油器?"

"对,没错。非常精密,稍微有点儿堵就不行。摩托也一样。现在的车都不用化油器了,改用燃油喷射了吧。"

"嗯。"

"现在的燃油喷射都是电脑控制什么的,主要就是根据发动机的转速,电脑计算出混合比,然后按照这个比例,将汽油和空气混合送入发动机,扑哧一下。"

加藤把咖啡放在桌上。

"化油器和这个完全相同,靠气化原理工作。通过气压将汽油吸上来,在一个小孔处调节混合比,容量也是通过浮标来调整的。很厉害的,化油器。所以说,调整的最大挑战就在于化油器。"

"是这样啊。"

"是啊。"加藤高兴地笑了起来。

"结构虽然原始,但是构造相当精密。用针尖戳个洞,发动机就会变化。嗯。但是,兄弟,说句实话,像放了这么久的……"

加藤抱着胳膊,闭上了眼睛。他手腕处的手表显示已经11点半多了。

"只有拆开来检修了。"他睁开眼睛说。

"把化油器拆开来,用灯油之类的洗一洗,把上面粘的东西弄下来。拆的时候一定要小心。化油器本身是锌铸的,使点儿劲也没关系。话虽如此,但毕竟是精密的化油器,小心些总没问题。啊,拆的时候不能吸烟。说句实话,唉……啊!"

加藤的眼睛看着外面。

"来了。"

一辆卡车驶入了加油站。加藤慢慢站了起来。

"兄弟,过会儿给你加油,你推过来。"

"好的。"

加藤走到外面,大声地说着"欢迎光临"。我喝完咖啡,回到车旁。

汽油已经不再往外滴了。我用扳手拧紧盖子,把摩托推到加油处,正好用旁边的空气压缩机给车胎充了充气。

过了一会儿,加藤回来了,给摩托加油,很快就加完了。油箱里现在满是新鲜的汽油。付完钱,我对他说:"真的帮了大忙,太谢谢你了!"

"没关系,反正晚上闲着也是闲着。"

"那,加藤。"我说,"我试试发动机吧。"

"嗯。"

加藤微微笑了笑。

我骑上摩托,脚放在踏板上。四年了,一种久违的感觉。我抓住车把,调整了一下呼吸。接着,像是为了打破那瞬间的沉寂,我使劲踩下了踏板。

哐哐哐哐哐哐哐哐哐。

发动机转了转,停了下来,又回归了沉寂。

"再来一次。"

加藤平静地说。

我调整呼吸又试了一次。

哐哐哐哐哐哐哐哐哐,发动机转了转又停了下来。试了无数遍都一样。不行了吗?我叹了口气。加藤说"我看看插头"。

"……湿乎乎的啊。"

插头上有很多汽油。很明显,混合气供应有问题。

"这还是……"加藤说,"化油器的问题啊!"

"是化油器。"

我把插头插了回去。

"今天算了吧,明天把化油器清洁一下。"

"是啊,那样更好,谨慎一些。"

"好的,今晚谢谢你了。"

我低头致谢。"化油器大师"微笑着点了点头。

"小心点儿啊。"

"好的,谢谢。"

我放下了主支撑架。

"告辞了。"

我转过身去,推着摩托向前。

可能是充了气的缘故,推起来轻松了一些。过一会儿我回头看时,"师傅"还在目送着我这个"弟子"。"弟子"微微点了点头,"师傅"挥了挥右手。

抬头看天,没有月亮。

这一天真够长的。我突然觉得手腕和肩部有些疼。回想着这一整天所发生的一切,我和摩托在夜色中继续前行。

等等,BOOK。——复活的摩托。——牛奶变黄油。——黄豆变酱油。——双头眼镜扳手和REDEO发动机。——和"化油器大师"的相遇。——遇到你真好。——从朝阳到月夜。

明天把化油器拆开来看看。后天她就过来了。

卡车轰鸣着从我们身边经过。在这六月的夜晚,我们合着夜晚的节奏,一步步走向公寓。

5

早上,我把摩托从停车场推了出来。

卸下螺栓,拔掉软管,取下喷油管和电缆线,做上记号,以免日后组装时出错。

暴露在外的化油器仍然牢固地粘在车身上,使劲摇了摇,突然就掉了下来。

我把摩托放回原处,拿着化油器回到屋里。洗了洗手,冲了个澡。没有更多的时间检查化油器了,我决定早点去公司。

途中,我买了一瓶 1.5 升的 PET 瓶麦茶,坐上电车。可能时间还早,车厢显得比平常空。我提前两站下了车,步行 15 分钟到公司,和门卫打了个招呼,沿着工厂围墙向办公楼走去。

工厂还没有开工。原来是 24 小时生产线,现在中心厂区已经搬迁到外地和国外,只留下了一部分印刷机和设计、技术部门。

我走上与工厂相连的大楼第三层,换上工作服,打开灯,启动CAD。

可能是因为今天起得有点儿早,或许也是因为一种轻微的成就感,我的头脑无比清醒,没有休息就一边喝着麦茶一边开始CAD了。

原来准备本周完成的制图结果一上午就结束了,还额外制作了结构图。下午还完成了两幅修订图,并开始着手新图的制作。打电话与零部件生产商协商,把说明书传真过去,转眼就已经4点过了。

写完本周的总结,正好定时的闹钟响了。我喝完剩下的麦茶站起身来。

洗干净PET瓶,穿过工厂的大楼,我走向试制室。

试制室在没有阳光的活动房里。在一片整治的呼声中,在处处阳光的工厂里,唯独试制室成了被遗忘的角落。从铝合金门往里能看到试制室的主人石山的背影,他正在最里面的桌子上写着什么。

我慢慢推开门,门上挂着的铃铛响了起来,叮叮叮叮……石山回过头来。

"你好!"我说。

"能不能给点儿溶剂,倒不是公事儿。"

"没问题!"石山简单地说。

我把纸做成圆锥形漏斗,插进洗净的PET瓶口,拿起装溶剂的桶,一股刺鼻的味道立刻扑面而来。

"用它做什么?"石山问道。

"洗化油器。"我一边倒着溶剂一边回答。

"化油器?"

"嗯,摩托车的化油器。"

"哦。"他说,"小心点儿,可是个危险品。"

"知道了。"

走出试制室,叮叮叮叮叮……门铃又响了起来。

回到公寓,脱了鞋。

在房间的一个角落里,手掌大小的化油器放在摊开的报纸上。

这个铁疙瘩看起来就像古代人形玩偶的心脏。

"静脉"将汽油与空气吸入,而后"动脉"将其混合送入发动机。"静脉"与"动脉"插入之处有我早晨做的记号。

放下东西,洗了洗手和脸,准备好素描本和4B铅笔以及螺丝刀,我开始拆解化油器。

我把所有的螺丝钉都卸了下来,然后在素描本上画上一幅简单的示意图。为了在重新组装时不会出错,我又做了详尽的笔记。当遇到突出的灯泡样零件时,我就给它们取名为"尖灯泡"。那些下巴样的零部件则取名为"下巴"。为了清楚所有零件的确切位置,我为它们每一个都做了笔记并画了素描。我十分谨慎地进行着这项工作。

在卸喇叭时电话突然响了。

将喇叭从"下巴"处取下。

我急忙在本上写下这句话,然后才拿起电话。是她。

"唉。"她的声音十分明快。

"我提前下班了,现在能去你那儿吗?"

"嗯,可以啊。"

"要买点什么吗?

"嗯……那就牛肉盖浇饭吧。"

"牛肉盖浇饭?"

"修摩托时就得吃牛肉盖浇饭。"我说。

"荞麦面或者猪排盖浇饭都不行噢。"我强调说。

过了一会儿,我听她说"知道了"。"一个半小时后到。"她说。

一个半小时。她对时间的把握总是超乎想象的准确。我看了看手表,再过一个半小时就是8点17分,那时她就会到了。

"浮子"套上"头盔右",用浮子室螺栓固定。

加上这句后,我又继续我的作业。卸下四根螺丝钉,慢慢取下"飞镖"。

注意不要弄破"飞镖"外部的黑罩!

取下侧盖,再取下"腮"和"O环"以及发条,就胜利在望了。拔下"金色凸"和"桶形灯泡",取下垫片。我的"桶形灯泡"的素描图画得非常棒。就剩一点儿了。

"棍棒"如何卸下不是很清楚，但使用"金色凸"从反方向一使劲，很轻松地就卸了下来。我把这个过程详细记录了下来。接着我又小心地旋转"引导喷口"。

这时电话再次响起。

是妈妈打来的。她说 BOOK 已有些好转。

一直躺着的 BOOK 昨晚突然站了起来。今天去检查，BUN 值也稳定下来了。妈妈说，BOOK 现在正在电话机旁看着她呢。

妈妈的语调非常明快，说了很多。我一边附和着妈妈，一边听着。

金色凸中嵌入垫片，安装在多向接口处。

我又加上了一句。

摩托在复活，而 BOOK 也在康复。脑海中想象着，抬头望着妈妈的 BOOK 那黑幽幽的眼睛，我又画好了"金色凸"的素描。

8点15分，她来到我的公寓。

当她出现在玄关处时，叫了一声，把牛肉盖浇饭递了进来。她穿一条旧牛仔裤，配一件藏青色拼织衫，很耐脏的一身。

"有个好消息哦。"

我一边接过饭一边说。

"刚刚电话说，BOOK正在康复。"

"嗯！"她激动地说，"好了吗？"

"哎呀，这个病可是治不好的。"

我来到厨房，把麦茶倒进杯中，然后拿到桌上，跟她面对面坐了下来。

"是这样的……"

我把妈妈告诉我的一件件说给她听。

据说卧床不起的BOOK眼睛一直是闭着的。

妈妈无数次地和它说着话。

哥哥快回来了。

你一定要活到那个时候啊。

妈妈边说话，边抚摸着它的背。也不知道BOOK听到没有，一直闭着眼睛。妈妈只能听到它的呼吸声。

快了，哥哥快回来了。

是哥哥把你捡回家来的啊。

昨晚，没有任何征兆，BOOK 一下子就站了起来。爸爸妈妈还在目瞪口呆的时候，BOOK 已经开始吃东西了。

妈妈说："我简直是惊呆了。它是不是感觉到你要回来了，想自己振作点啊？"

妈妈说话带有浓重的岐阜口音。

"BOOK……"她像是倒吸了一口凉气。

"真棒啊，BOOK。"

"嗯，真不错，小家伙。"

我们俩沉默了一会儿。

"我都忍不住想哭了，可以吗？"

她说完，眼泪真的已经在眼眶里打转了。我拿了纸手帕递给她。

"BOOK 暂时还没有问题嘛。"我说。

她用纸手帕摁着眼睛，点着头。

"我决定这一周加把劲儿把摩托修好，下周就回去。"

嗯嗯,她点头表示同意。

"记着照点照片回来啊。"

"知道了。"

我又为她拿了一张纸手帕。她接过去,大声地擤着鼻涕。

"那,吃饭吧。"

"嗯……"

她又一次擤了擤鼻涕,这次声音小了很多。我们俩面对面吃起了牛肉盖浇饭。

"喝不喝咖啡?"我问。

"嗯。"

我到厨房烧上水。盆子里放上杯子和沥干架。

"牛肉饭和咖啡很配的啊。"

"那个。"她没有回答我,而是问,"这是什么?"

她走到屋角,手上提着那个 PET 瓶子。

"Isopropyl alcohol,化学上叫异丙醇。"

"干什么的?"

"洗零件用的,从公司带回来的。"

"噢……"

壶里的水开了,我把开水倒进并排放在托盘里的杯子中,陶制的沥干架中也倒满了开水。

袅袅上升的水蒸气被换气扇吸走了。

以前我曾经看过一个电视节目,是教如何泡中国茶的。记得当时主持人说,要加入充足的开水,同时就往小茶壶里加入了大量的开水。那个镜头给我留下了不可磨灭的印象。直到那时我才第一次知道正确的泡茶顺序。

从那以后,每次泡咖啡,我都会往器皿中加入充足的开水。虽然身在真正的东方,但东西文化却在此交融。**Like this**。

倒过开水之后,我装了两量杯咖啡豆倒入过滤纸中。咖啡豆很快就膨胀开来,咖啡如涓涓细流般流出。过滤纸中,液面呈现出茶色圆形泡沫。

炒咖啡豆一般的香味弥漫着整个厨房。不知什么时候她站在我身后看着我。"真香啊!"她说。

我们将冲好的咖啡端到桌上。

"真好喝。"她喝了一口说。

"很配牛肉盖浇饭吧?"

她没有回答,又说了一遍"真好喝"。好喝就好啊。

"摩托复活的可能性有五成。"

我把摩托的现状讲给她听。

外观上看没有一点问题,能换的零件也已经全部换过,但是发动机还是打不燃。接下来能做的只有清洗化油器了。如果还不行的话,我就束手无策了。

她认真地听着,不断地点着头。我又继续说。

化油器已完全拆卸完了。为了洗那些零部件,我从公司带回了有机溶剂。

"最近啊,不管是车还是别的什么,喷油的方式各式各样。"我说。

"但是,修理的最大挑战,还是化油器啊。"

她放下咖啡,看着我。

"很厉害的,化油器。实际上,它通过喷雾原理,完成将混合气送入气缸这样精密的工作。"

"师傅"教给"徒弟"的本事,"徒弟"又现学现卖了。

"总之很厉害。"

我强调说。

"我觉得好像有些明白了。"

她很认真地说。

"那就等会儿洗化油器吧。"

"好的。"

我俩喝完了各自的咖啡。

已经是晚上9点。吃完晚饭,喝完咖啡,周五的夜晚已经过去了一半。剩下的一半即将开始。

6

我们拿上牙刷、水桶和手电筒,来到阳台上。

隔壁的屋里漏出一些灯光。我们将有机溶剂倒入桶中,把化油器的零件放进去。

我取出其中一个看,她则用手电筒帮我照明。

污物像海藻一般粘在上面,感觉像是分子的集合。

我用牙刷清洗这些污物,一点点、一点点地刷下去。溶剂发出刺鼻的味道。

"有点头晕了。"我说。

"高兴吗?"她笑了。

"有点吧。"

挥发的溶剂似乎改变了夜晚的位相。手电筒的暖色光线使我的手呈现出橙色。

下巴,腮,头盔右。我把洗干净的零件排放在阳台上。

"换换吧?"

过一会儿,她说。我们交换了牙刷和手电筒。

她开始清洗"飞镖"。我用手电筒照着她的手边,影子向下扩展。我一直看着她那细细的手指像影画一样在动。

隔壁屋里的灯光不时变化着颜色,似乎电视机放在窗边。围栏对面是我昨天去过的投币洗衣房。我的眼睛搜索着昨天走过的道路。向西直行,右拐。国道旁的加油站处仍有微微灯光可见。"师傅"今晚还在上班吗?……

哈哈哈哈,她笑了起来。

"确实有点头晕啊。"

"换换吧。"

"没关系,再过会儿。"

我的眼睛再次追随着影画。浓重的黑影不断变化着形状滑动着。改变手电的角度,影子就会变长。远处传来关百叶窗的声音,不过也可能是打开百叶窗的声音。

"……咱们结婚吧。"

我说。

她的右手是牙刷,左手是"桶形灯泡"。

我又改变了一下手电筒的角度。这次影子缩小了,像是要从光线中逃走。我把手电筒换到左手,黑影更浓了。浓重的黑色在那一瞬间看起来像是狐狸。

"嗯。"她说,"结婚吧。"

隔壁屋里的灯光又变了两次颜色。远处传来打开百叶窗的声音。

说"谢谢"好像有些不对劲,说"那就明年吧",好像又有些不通人情,于是我只有吹起了口哨。本以为会吹得很好听,但却漏了气,声音变得怪怪的。

"但是,为什么?"

她转过身来,微笑着。

"为什么现在说?"

"Isopropyl Alcohol Power(异丙醇的力量)。"

哈哈哈哈,她笑了起来。

"今天几号?"她问。"6月,11号。"我回答。

"记住这一天。"

"那我已经记住 6 月份了,你记好 11 号。"

"嗯,知道了。"

"我换你吧。"

我们俩再次交换了手电筒和牙刷。我拿着"凸型灯泡",她拿着手电筒。

"一般被求婚的时候不好拒绝的,是吧。"

她照着我的手说。

"不会吧。"

"不,不行的。一般不能拒绝。"

她想强调什么事情的时候,总是爱用"一般"。

"啊,但是。"她说,"要是在能看夜景的宾馆'被以一种凝重的方式戴上戒指的话,可能会拒绝。"

"那一般会拒绝。"

我使劲用牙刷刷着"凸型灯泡"。

各种各样的事情,点点滴滴地穿越着我们。我们从中选出一些,拉上一条线,编成一个故事。以 BOOK、师傅、有机溶剂为线,而我所做的就是求婚。

"6 月。"

我边洗"金色凸"边说。

"11号。"

她打着手电筒说。

半径5米的夜色被半径50米的夜色所吞没。长夜漫漫。半径50米的夜色不久被半径5公里的夜色所吞没。

我们把每一个零件都洗得干干净净,像是为它们注入了新的灵魂,像是在祝福我们的未来,像是一切从头开始。

洗完化油器,我们回到房间。

手拉着手进入了梦乡。

7

6月12日晨,晴,东风。

收音机里的播音员播报了天气预报,节目赞助商告诉大家已是上午9点。当时我们是在厨房里,她在煎鸡蛋和培根,我在烤面包片、冲咖啡。

她把培根鸡蛋装在茶色边的盘子里。我把烤面包片放进去之后拿到餐桌上。

自求婚之后的第一顿早餐。两人一起吃的小麦色的烤面包片,又香又甜。

烤面包片是一种心情食品,美味与否与面包本身关系不大,决定因素在于当时的气温、湿度、时间、场所、伙伴、昨天看过的电影、关于未来的展望以及预感等等。

整理好空盘子,我们一起刷牙。

她看着镜中的我,我也看着镜中的她。我们俩一边通过镜子看着对方一边刷牙。

她刷右上方那颗牙,我也同样;她往左下方去,我也同样。她发现了,笑了,我也笑了。看到她的牙刷向左上方移动,我赶紧追随她。她盯着我,像在说:"还学我?!"我也盯着她。

她弯腰漱口的同时,我也和她同样动作。我们俩嘴巴里同时发出"呜呜"的声音,抢夺着杯子,吐出嘴里的东西,然后哈哈大笑。真是一对儿活宝。

生活如同登山,如果这就是幸福的山顶,那也不错,就像远眺山峰的感觉一般。

剩下的就不是攀登,而只最考虑如何前行了。生活就像一个球,我和她就在球的中心。球的半径可大可小,可以只有一米,也可以延伸至地球的半径。固定也好,拉伸也罢,柴米油盐、山珍海味,一切都应归于平淡。拉开窗帘,铺上毛毯,让我们拥有更多的现在。偶尔伸个懒腰,目光尽量放远,时刻脚踏实地,和睦相处,相敬如宾,让世人艳羡。

"那么……"我说。

我们把报纸铺在房间正中,把焕然一新的化油器零部件放在上面。她在我旁边打开了素描本。

"开始吧。"

我们开始组装钢铁的心脏。

我斜眼瞄了一下素描本,拿起了"金色凸",在突起部分按上垫片后,装到多向接口上。她津津有味地看着我。

"这就是浮子?"

"是的。"

"唉——"她看看素描本,又看看零件,高兴地笑了。

"千万小心不要弄坏黑幕。"

"知道。"

"那么,下面是把'喇叭'安到'下巴'上,插上'栓'和'凸型灯泡'。"

"'下巴'是哪个?"我说。

"是哪个呢?……"她对比着素描本和零件。

"是不是这个?"

"这是'桶形灯泡'。"

"这个呢?"

"这就是'凸型灯泡'。"

"那……这个呢?"

她抓住了我的下巴。

"这是下巴,但不是那个'下巴'。"

"嗯。"她说,"知道了。"她松开了手。

我们接吻。

收音机里传出钢琴的旋律,那轻柔而响彻天空的纯音乐在整个屋里回荡。

"……'下巴'是这个。"

我微微有些害羞,将这个 U 字形的物体放到浮子旁边,取下螺丝钉,从侧面固定好。

她开始在素描本的边上画起画来,像是在画 BOOK。尽管是凭着想象来画,但却很像 BOOK。"毛再长点。"我说,"眼睛常常低垂着,对对,脖子上有个铃铛,没那么大。"

因为事前做了笔记,所以整个组装过程非常顺利。而狗的素描也完成得很好。

我们又接吻了。

我们已经交往了3年多。我已经求过婚。我们年岁相当。我想：历史上可能也没有几个人会隔着化油器接吻吧？

8

我从停车场把摩托推了出来。

我把"新生"的化油器装到车底部,将各种软管接好,修理工作算是大功告成。我跨上车,说:"我走了!"

"嗯。"

她使劲点了点头。

她深信发动机能正常工作。从 BOOK 到师傅,到有机溶剂,到求婚,直至摩托的复活。我们还在不断地延长着生命之线。带着祈祷与希望,我踩下踏板。

咣当当当当当当当当当。

发动机强有力地旋转着,但又停了下来。虽然停了,但声音中却含着某种预感,与前天不同的一种启动的预感、复活的预感。我调整了呼吸,再一次把脚放在踏板上。

哐当当当当当当当当当。

我无数次重复着。站起来！哐当当当当。起来！哐当当当。敲击生命的一连串的试验。

但是，摩托却只是发出空转的声音。

我歇了一口气。

"我来试试吧。"

我从车上下来。

"知道怎么使劲儿吗？"

她摇了摇头，我向她解释了使劲儿的方法。

将车从后往前推，在速度跟上的时候，会慢慢带动齿轮，发动机会强行启动，断开离合，一切正常的话，保持节流阀。

她的手伸向车把。这样吗？她抓住离合器，放，再抓，我帮她。

对。慢点，就这样。然后这样。对。

我们无数次试验着离合器、刹车和节流阀。初夏的风抚摸着我们，从我们身边飘过。正如天气预报所说，今天是东风。

"……明白了。"她点着头,"我来试试看。"

我伸腿挂上二挡,听见"咯噔"一声。我绕到摩托后面,手抓住行李架。

"我推啦。"

她的手抓着车把,表情严肃地看着正前方。我开始用劲儿推。车轮开始转动向前。我们就像一对练习骑自行车的父女。

速度稍稍加快了一些,我使劲儿地推着摩托。随着身体前倾,周围的景色也流动起来。迎着风,将足音留在身后,我们笔直地向前。我们几乎使尽了全身的力气。"哦,哦,哦",她大声地叫着。

"给油!"

我大叫了一声。她挺直腰板,正视着前方。车下传来"噗吱噗吱"的声音,发动机开始"叭叭叭叭"地叫了起来。

因为齿轮咬合的原因,车顿时感觉重了起来。我使出全身的劲儿,推着车向前。发动机的声音越来越大,排气管开始吐出了白烟。

"断开离合!"

我使出最后的力气向前推。她和摩托就像漂流筏一样向前。

"打开节流阀!"

我刚说完,砰砰砰砰,一阵巨响,排气管中喷出白色的烟雾。四年了!久违的轰鸣!

"好了!"

我跑到她身边,支撑住车,重新挂回空挡。

"太棒了!"她兴奋地说。

嘣嘣嘣嘣嘣嘣嘣嘣嘣嘣嘣。

摩托的声音仿佛是在祝福着我们。排气管后的白色烟雾袅袅升起。我,和我求婚的那个人,默默地看着我俩的摩托。

"太棒了!"她又说了一遍。

摩托不仅是对我们的祝福,更是对全世界的祝福。东风改变着白烟的角度。

我跨上摩托。"我跑一圈儿,让它适应一下就回来。"

她站在我身边,取下手表,一块茶色的皮革手表。她把手表缠在车前方的横梁上。

"这个,给你。"

她调整了一下角度,以便我能看清楚。

"不用了。"

"好了,就缠这儿。"

她"砰砰"地拍着摩托车背。

"我想让你带着它。"

她的语气不容商量。

"明白了,谢谢。"

"嗯,那我在家里等你。"

"过二三十分钟就回来。"

我戴上头盔。她用两根手指做出敬礼的姿势,我也还以同样的敬礼。调整挡位,踩下离合。

摩托慢慢前行。调为二挡,慢慢加速。后视镜中的她还在向我挥手。我朝她轻举起右手。

镜中的她越来越小。沉睡中醒来的摩托、高亢的声音,以及包裹我全身的速度感,让我恋恋不舍。

出了国道,经过昨天的加油站。想起昨天走得那么辛苦,今天却只花了一两分钟。我和摩托径直北上。

走在国道上,我看了看她的手表,2点10分。现在开始开20分钟。我挂到最高挡。从前让BOOK兴奋不已的高昂的二冲程发动机声音又回荡在耳边。

现在已经完全可以体会到时隔四年打开节流阀的感觉,而乘着风,怀中带着BOOK的那份甜蜜似乎也已经重新拥有。

前面的信号灯变红了,我停下车。可能是刚才经过了一番磨炼,发动机的声音非常正常。

我重新得到了失去的东西。掀开头盔,我沉思着。拆解,清洗,组装,重新拥有。

信号灯变绿了,我继续前进。

结语。

知识告诉我,所有一切的结束是必然。生与爱都以某一天的结束为必然。这就是真理之所在。

我们命中注定乐观,无人可以例外。本质上讲,失去这个被祝福的世界之前,一切就是宿命的实感、肉感、义务、权利。

我们前行,以本能的直觉与阳光的心态在确定的世界中前行:求婚、口哨、小狗。相信现在的偶然,忘记未来的必然,一切都是命中注定。

失去的一切与现在的光明相比太过渺小。我毫不迟疑、毫不畏惧、直言不讳地说道。

但这一切都是真的吗?真的、真的、真的、真的吗?

第二章 素描本

9

我在高速上奔驰了4个小时,只为再见BOOK一面。

摩托没有出现任何问题,一路安全地将我送到了家。

看到家的时候,我让发动机大声轰鸣起来。(听见了吗? BOOK!)进车库的时候,摩托车排出的气体将家里的百叶窗震动得嘎达嘎达响个不停。

我等待着BOOK听到声音跑过来,然而,似乎没有任何动静。我脱下头盔,停好摩托。在习惯了长达4个小时的轰鸣声之后,耳边重新归于安静。

啊,我叫了一声,声音仿佛碰到金属一般反弹了回来。我先将手叉在腰上,舒展舒展身体。然后,我又将手放在膝盖上,活动活动筋骨。随着身体从"僵硬"到放松,我也渐渐习惯了久违的安静。我脱下手套，放在座位上。

离开车库，从厨房的窗户向屋里看，爸爸、妈妈和BOOK似乎都不在家。难道是去了医院？

四年了，房子看上去好像变小了一般。走在走廊上，地板发出嘎吱嘎吱的声音。我放下行李，在水池边洗了洗手和脸。家里的水似乎比东京的要凉一些。擦干手，朝客厅里看去。

……BOOK。

在客厅的角落里，BOOK正在睡觉。没有声音，没有气息，靠着窗帘的下摆，BOOK就那样安静地睡着。摩托车的轰鸣声，我的脚步声，都没有惊醒耳背的BOOK。

……BOOK。

我靠近它，弯下腰。

我看着它如从前那般的睡姿，抚摸着它的脊背。BOOK身体微温，身上的毛还是那么柔软。一种久违的感觉。或许它的皮肤已经变得有些硬了吧。

不一会儿，BOOK突然睁开了眼睛，睡眼惺忪地望着我，又慢慢闭上了眼睛，依旧享受着我的抚摸。突然,它仿佛醍醐灌顶般一下子站了起来,开始舔我的手掌。

"好久不见了啊。"

我跟它打招呼,抚摸着它的额头。BOOK 的身体动了动,脖子上的铃铛"丁零丁零"响了起来。它又开始舔我的另一只手,好像在说:"对不起,你特意回来看我,我却是现在这个样子,真是对不起啊。"

"带你去河滩吧。"我说。

BOOK 低垂着眼睛,身体伏在我的膝盖上,喉咙深处发出轻微的声音。它的表情在告诉我"想去",又在告诉我"我想去,却不行啊"。

过了一会儿,妈妈回来了,好像刚才去附近什么地方了。

妈妈一边喝茶,一边跟我讲这四年间 BOOK 的故事。我嚼着煎饼听着,偶尔看看窗边。BOOK 一直没有离开窗边,似醒非醒、似睡非睡地待在那儿,眼睛看着我的时候,似乎要告诉我什么。

我给 BOOK 照了照片,回去给东京的她看。

一直到夜里,我都和BOOK待在一起。

"我该走了。"

BOOK在妈妈的怀里注视着我,我跨上了摩托。

随着二冲程发动机的轰鸣,BOOK的嘴巴微微张开了。你想起来了吗?我摸了摸BOOK的头。BOOK似乎感觉高兴了一些,轻轻摇了摇尾巴。

我跟它告别,当我的手离开它的头时,BOOK的喉咙处又微微动了动。

发动了摩托,我又回到了东京。

10

"……是嘛。"她说。电话中短暂的沉默。

我能听到电话那头她擤鼻涕的声音,可能她又被感动得热泪盈眶了。

"它好像想起了摩托。"我说,"这车看来是修对了。"

"是啊。"她抽了抽鼻子。

"和以前相比,症状轻多了,已经可以在院子里慢慢走了,还能散步了。"

"是嘛,太好了!"

又一阵沉默。

手拿着话筒,我打开了素描本,上面有她画的BOOK。虽说是想象中所画,但却非常神似。

"咱俩试婚完了就一起去看BOOK吧。"

我说。我们已经决定先试婚一段时间。

"明年夏天吧。我觉得 BOOK 肯定能活到那时候。"

"嗯!"她的声音充满了活力。

你觉得有必要吗?

那天,她在被窝里问道。

先试婚一周,顺利的话,再试一年。

我们虽然已经决定结婚,但在正式结婚之前先准备试婚一年。至于拜访双方父母、办结婚手续、通知亲友等等,都放到试婚结束之后再说。我们还决定每三个月总结一次。

"今天我办了个存折。"

我看了看手边的存折,打开红色的封面,上面打印着"新入账 1000 日元",像是在庆贺着什么。

是要个性的存折还是普通的存折?

窗口的银行女职员仿佛在询问我们的未来。

我问她能不能让我先看看,她好像有些吃惊,说那就"迪士尼"的吧。我再次提出让她拿给我看看,她稍微有些慌乱地离开了一会儿,拿着存折回来了。(难道我的请求很不正常吗?)

在这本个性化的存折上,著名的"老鼠""鸭子"和"狗",排着队在跳舞。

我要求要普通的存折。(银行女职员像是有些抱歉似的,告诉我说,如果这样的话,信用卡也只会是一般的图案。)

"除了房租和水电杂费之外,还有什么费用要通过存折交吗?"

我问。

"嗯……"她想了想。

我们决定每个月定期往这本存折里存进一些钱。房租和水电杂费就从这本存折里扣除。每个月存钱的时候稍微多存一些,有结余的话就可以稍微奢侈一下。

"还要买猫食什么的。"

"养猫吗?"

"不是,就是打个比方。有些需要精确,还有些可以不必如此。"

"猫食还是精确一些好。"

"嗯,一般来说是这样。"

"嗯。"我想。

餐费和一些小额花销,各人每次出一些,互相之间差不多就行。

"那,买锅呀、水壶呀这类的时候呢?"

"差不多就自己出吧。"

"压力锅也是这样吗?"

"从存折出吧。"

"对,有必要先造预算的东西,就用存折里的钱来买。"

"对。"

"那,金鱼缸就从存折里出吧。"

"好的。"

"看电影怎么办?"

"差不多就自己出吧。"

"买电磁炉的时候呢?"

"从存折里出的话,会觉得做出来的饭菜更香些。"

"对,对,有道理。我知道了。"

我合上存折,腋下夹着素描本。

"生猫生猫①。"她说。

"唉,什么?"

"没什么,随便说说。"

"挺好的啊。"

"生猫?"

"嗯,生猫。"

"生猫啊。"

我们定好7月7号那天,她搬到我这儿来住。虽然只是试婚,也得挑个黄道吉日。

我看了看表,已经12点多了。互道晚安之后,我们挂断了电话。

---

① 日语中的绕口令,发音为 namaneko。

11

我们开始为7月7日的到来做准备。

我的房子是一套两居室,将来有可能会嫌小,但现在还算宽敞。

我收拾好自己的物品,整理好房间。在一个人的单身生活中,不知不觉就多了很多没用的东西,一些让人怀念,却又很麻烦的东西。把这些东西收拾、处理好之后,腾出来的空间正好够放她的物品。

说起来,她的房间里东西还真少。我第一次去她房间的时候,就感到非常惊讶。她的房间像一个被隔断的空间,衣服和工作用品等全部收在壁橱里,外面放了些百元店里淘来的物品,已经是少得不能再少的必需品了。在玄关的旁边,放着一个在京都金阁寺买来的装饰品。

还记得她当时问我,是不是有种临时宿舍的

感觉？按照她的理论，这儿是千叶的娘家和婚后自己家之间的"过渡房"，还算不上是真正意义上的"家"。

像蚂蚁搬家一样，她把那些生活必需品一点点搬到了我的公寓里。平时，她会突然过来，放下东西就又回去了。到了周末，反而回娘家的时间更多些。听她说，回家陪她爸爸喝点儿啤酒什么的，就像是女儿要出嫁之前的那种感觉。不管怎样，所有的一切都是为了7月7日的到来。

周末如果她不在，我就会约上几个哥们儿一起喝喝酒，一起发发牢骚，一起感叹工作的繁忙，或者一起交换一些朋友们的新消息：

建筑业界真是形势严峻。

"驼鹿"和"巴赫"分手了。

幸好还有加班费。

"队长"失踪了。

"小阿"隐瞒着什么。

冈田（弟弟）当教导主任了。

"小舟"成了二手唱片店的店长。

真子和大矢结婚了。

我们交换着一些在贺年片上不值一写的信息,然后互道再见。"队长"的事情让人有些担心,但"小舟"找到适合自己的职位却令人欣喜,真子和大矢的事情更值得庆贺,冈田(弟弟)则不用担心,

但得给"小阿"打个电话了。

"驼鹿"和"巴赫"的分手令人吃惊。我和"驼鹿"关系很好,我的那个她和"巴赫"关系也不错。三年前也正是他俩促成了我俩的关系。

当时,"巴赫"带她过来,跟我说"初次见面"。她的声音很好听,我也对她说了"初次见面"。

一通介绍之后,我们一起吃午饭。她吃的是意大利面,我要的是"鱼贝鸡米饭"。"驼鹿"和"巴赫"吃的是什么,我已经记不清了。

"驼鹿"讲了两三件轶闻趣事,主要是为了介绍我是一个"非常不错的人"。实际上他说的那些事情,并没有什么特别之处,她似乎对此也不感兴趣,只是时不时附和一下而已。而"巴赫"则以一

种审视的眼光看着我。"驼鹿"不算坏人，但总的来说却是个没用的人。

我的那个她对"驼鹿"的话没有什么反应，但不知为什么，却一直微笑着。当时我想：真是个难得的好脾气。看得出，她和"巴赫"的关系并不像听说的那样好。

大约过了一个小时，"驼鹿"问她喜欢哪种类型的男生。她高兴地说"就是像藤井君这样的"，她的回答让我们惊讶不已。

"哪一点？"我问。

"藤井君有眼光，而且笑得很好看。"

她说话像在唱歌。

"好像很聪明，而且也很帅。"

"唉！"

我快佩服得五体投地了，竟然有四点啊。

"还有呢？"

"可能还有。"

她盯着我的眼睛。

"是嘛……"

我喝了一口手边的水。她轮廓分明,意志坚定,毫不畏惧,时刻微笑。她的笑容温柔而善良。

真不好意思,我走神了。从刚一开始打招呼,竟然就已经有些走神儿。我还是那样悠闲地吃着"鱼贝鸡米饭",真不好意思。我抬起头,直视着她。

"那,请你一定要给个机会。"

"好的。"她说。

我们伸出手来,握在了一起。"驼鹿"惊叫起来,简直不敢相信眼前的一切。

我们拿出记事本,开始商量第一次约会的日期。而对于我们来说,坐在旁边的"驼鹿"和斜对面的"巴赫"早已不复存在了。

那时的她,为什么会那样微笑呢?我一个人在房间里喝着啤酒,脑海中浮现出当时的情景。房间的角落里堆着她搬过来的纸袋。

我甚至认为,或许在很早以前,在那次见面之前,我们就早已开始了。

在邂逅之前,我们互相就已经想好各自所想,各自的预感,各自的情况,各种时机。对,就是这样。在很久很久以前,我们就已经开始了。只有这样想才最适合我们的情形。

还有一周就是7月7日了。愉快的等待让我甚至盼望着那一天永远不要到来。我独自坐在收拾得整整齐齐的两居室房间正中,自斟自饮。

12

7月7日终于来了。

3点整,她准时出现。她的守时比预想的还要精确。

"嗨!"她说,"新娘子来啦!"

身背背包、头戴郁金香帽子的她伸出了右手。

"礼数不周,请多多指教。"

"哪里、哪里。还请你多指教。"

我们的握手有力而长久。这就是我们的结婚仪式——有力的握手。

按照事先商量好的,我们径直来到阳台上,从扶手处探出身子,将米粒洒向大地。米粒向着地面扩散开来,融入了空气之中,消失得无影无踪。

"这个,和'米浴'是不是有点儿不同啊?"

"那,是这样?"

我将米粒从她的头顶洒下。米粒从她的黑发处滚落，沿着她的身体噼里啪啦地落到地上。她兴奋得使劲眨着眼睛。

"嗯，这样更像一些。"

她把剩下的米粒撒到了我的头上。之后，我俩心满意足地回到屋里。

我们拿出事先买好的 ANTENOR（店名）裱花蛋糕，摆好银色的叉子。壶里冲入热水，细心地泡上红茶。

她从背包里拿出 FELIX（店名）的杯子。这两个带把手的"嫁妆杯子"很大。既然是特意准备好的，就用它来喝红茶了。我们将红茶慢慢倒进去。

我用遥控器打开音响，雄浑的旋律在屋里回荡。

"在全世界的所有歌声中，我能听见你的声音。"

"吃吧。"我说。

她握住叉子，我握住了她的手。

我们慢慢将蛋糕切开。这是我俩的第一次

合作。

我们吃着蛋糕,喝着红茶,无数次地发出对美味由衷的感叹。

天黑了,夜晚降临了。

她打开素描本,用4B铅笔写字。

她的文笔异常优美。

这是经过长久岁月磨炼之后的金玉良言:

无论健康

无论疾病

无论欢乐

无论悲伤

无论富贵

无论贫困

呵护它

尊敬它

安慰它

帮助它

白头偕老

直至死别

你愿意吗?

太棒了。她嘟囔了一声。

这是人生启航的祝福,是灵魂深处的升华。我们感慨着,欣赏着这诗一般的话语。

读读看,她说。

我读出声来。没有抑扬顿挫,只是加入了一些温情。我用胸腔共鸣的男中音,平静地读着这些文字。

"可以。"她认真地说,"我愿意。"

"我愿意。"我也说。

我们又欣赏了一会儿这段文字,它像儿时的游戏那样美好,像山里的空气那样清新。

"真棒。"她说,"太棒了。"

"这个,希望能每年读一次。"

"那下次就是明年七夕夜了。"

"那时候就不是试婚了,而是正式的了。"

"可是正式的啊。"

我们肩并肩靠在墙上,憧憬着明年。明年的我们,会怎样回想今天的一切呢?

现在的我们,的确正在发生着什么。但这一切太自然地融入了我们,让我们无从察觉。

为此——

她在誓言的后面,庄重地写下了今天的日期。

她郑重地合上了素描本,仿佛以吻封缄一般。

13

"去往何处？所欲何为？"

我和她的新生活开始了。

我们都属于超级"计划狂"，什么事都爱做计划。想到什么马上就凑在一起，笑着商量一下。计划的过程中又会产生新的念头，无论是中止还是失败我们都领会在心，接着开始下一个计划。"谋事在人，成事在天"，每个计划既可能有神灵的护佑，也当然可能有恶魔的作祟。

然而，只是对计划的推敲就已经令我心满意足了，而她则对计划的执行念念不忘。如果计划的进展并不十分顺利的话，她就会一头钻进牛角尖里，这时，我的乐观就会起到巨大的作用。这样来看的话，我们应该算是"最佳拍档"了。

生活按部就班地进行着，休息日和以前并没有什么不同,发生变化的主要是在平时。

早晨。

早餐很简单,一般不会吃什么,我喝咖啡,她喝牛奶。

我很惊讶竟然有人一大早就喝牛奶。而且,对我来说,冰箱中常备牛奶也是一件新鲜事。同样,在她看来,一大早就能闻到咖啡的香味也很新奇。

不久,在不知不觉中,"牛奶 + 咖啡"就变成了"牛奶咖啡"。喝完之后发现,原来"牛奶咖啡"比"牛奶 + 咖啡"好得多啊。从此,"牛奶咖啡"成了我们的"专利"早餐。

这种"专利"还承载着我俩为之创作的故事。

很久很久以前,有一位咖啡国的国王和一位牛奶国的公主,他们相遇、相知、相爱。他们最终的结合使得两种不同的文化交融在了一起,从而诞生出了我们的"牛奶咖啡"。

Like This.

早晨,我们一同离开公寓。走在通往车站的路上,我们共同商量着各种计划。

什么时候买枕头？需要几双拖鞋？周末干什么？今天几点回来？吃什么？需不需要买靠垫？

要商量的事情似乎没完没了。我们坐上同一趟车，继续低声商量着我们的计划。

搬到哪条街上去？几室几厅？邀请谁？唱什么歌？用什么颜色？

两站后我就下车，步行15分钟去工厂，她则还要再坐四站到设计事务所上班。

我和她属于同一个"计划团队"，怀揣着只属于我们两人的秘密使命，走向各自的单位。这么一想，枯燥的工作也就顿时有了新意。

夜晚。

周一至周三她做晚饭，周四周五我来做。

我会的"拿手好菜"很少。周四是咖喱饭，周五则是饭咖喱。对此，我也只能说抱歉了。而她却说试婚阶段没关系。当然，我不会满足于此，渐渐也学会了麻婆豆腐（周四）和鸡肉烧番茄（周五）。

吃完晚饭，我们猜拳决定谁洗碗。

说实话，我不想洗碗，但我会装作无所谓的样子，全力争输赢。一般来说，三次中总有两次是我赢，而她则只剩下认命的份儿了。

虽然口头上说输赢是运气，但我知道那不过是撒谎罢了。如果认为猜拳的输赢纯属偶然的话，那就绝不会赢。在猜拳方面，男人与女人的"胜率"不一样。

一天，桌上放了两个骰子。她提议说从今天开始掷骰子定输赢。从那以后，我基本上每隔一天就要洗一次碗了。（或许洗得更频繁。）

有时我回来很晚，她会先做好饭，然后在素描本上画着什么：有时是牛，有时是马，有时是想象中的动物（旁边写上"生猫？"），有时则是家里的布置或是城堡。她的专业就是设计，自然画得非常好。

我们是同一计划团队的最小组合，而计划的名字就叫"HAPPINESS"。靠着墙壁，看着素描本：我俩时而微笑，时而沉默，时而接吻，时而玩压手指游戏。

14

一天早晨,我突然发现自己的"梦"和以前有所不同。

梦中的人称变成了"We"。我极力想回忆起昨天所做的梦,却无论如何也想不起来。但是,第二天梦中的人称却依然还是 We。

梦中发生的事情,不是我,而是我们。梦中想怎么办的时候,不是我怎么办,而是我们怎么办。梦中并没有她,但是人称却肯定是 We。

在梦中,我觉得"我"原本就是"我们"。这种感觉既匪夷所思,又十分自然。

"什么意思?"

她奇怪地问。

我尽量解释得准确一些。我说,最近的梦都是这样的。

咦，她的眼睛瞪得溜圆：太厉害了。

她穿着伞形标志的运动衫，我则穿着太阳图案的 T 恤。

房间的角落里放着我俩买的靠垫，还有两双拖鞋。大大的带把手的杯子里放着两支牙刷。我们已经同居 3 个月了。

"我没做过那样的梦。"她说。

周五晚上，我们约好在离最近的车站五站外的地方碰头。为了第一次的总结会，我们预约了一家饭店。很早以前我们就约定每三个月开一次总结会。我们决定找一家串烧店。

这是一栋旧楼房的五楼，房间一分为八，我们被引领到窗边的位置。

服务生优雅地笑着，向我们推销着葡萄酒。选中一款之后，服务生将葡萄酒倒入玻璃杯中，我们开始干杯。

桌上放着调色板一般的盘子，里面放着山椒盐、调味酱油和芥末。刚炸好的串串一串串送了过来，头朝着对应的调味料放好。第一根炸虾串，放在了山椒盐前面。

真不错，我们相视而笑。期盼已久的炸串串和淡淡的葡萄酒，味非常相配。过了一会儿，第二串也送过来了。这次是山芋串对酱油。

我们一边吃一边总结。

她说，早晨应该再早起一点儿，这样时间可以更充裕些。我就说，那应该晚上稍微早些睡觉。但我们都认为早睡早起很难做到。那就先改变周六周日熬夜和睡懒觉的习惯。说定具体实施计之后，我们又开始干杯。

"你做的咖喱饭挺好吃的。"她说。

"但其余的都还差一点。"

"我知道。"我说，"不知为什么，我总觉得做出来的和我想象中的不一样。"

绿紫苏裹鱼肉串送过来了，放在了酱油的前面。

"先照着食谱上做就行。"

"是啊，可总是想加点儿自己的发挥。"

"最好是过几周之后再发挥。"

她用酱油蘸着鱼肉串。

"前几天你做的牛筋咖喱饭特别好吃。"

"嗯,下次再做。"

"先别做。"她说,"等快忘了的时候再做。"

"……好的。"

青椒、白丁鱼、藕片、紫苏包对虾,一串又一串迅速又有序地送了过来。我们大快朵颐的同时也注意不让自己的嘴巴被烫着。就着酒,我们继续谈论生活中需要改善的细微之处。怡人的醉意令我们微醺,幸福的感觉洋溢着我们的全身。

"这蘸什么?"

她手上拿着炸里脊问。

"芥末。"

她蘸了蘸芥末。

"好烫。不过很好吃。"

她笑了。我又为她倒了杯葡萄酒。

"前天的那个梦,你听完之后,有什么感想?"

她喝了一口葡萄酒。

"所谓梦,跟纯粹由外界刺激所引发的所思所想并无不同。虽然是来自内心深处,但是也像电影和电视剧那样,同样可以展示给别人,是吧?"

"是这样。"

浓浓的醉意如同一张看不见的网,我们都已经深陷其中了。

"你是否觉得,我们只是在追随着这个世界上各种各样不同的想法?"

"作为婴儿来到世上,第一次接触这个陌生的世界,认识自己的父母,再慢慢认识自己的手能抓到的东西、自己的眼能看到的东西。之后,又学会了语言,理解了诸多的概念,有了自己的朋友,知道了自己不过是生活在他人所思考的系统、法则、语言、食物之中,粗略了解了世界的大体状况,开始思考自己与它的关系,从书本中想象世界,了解自己看不见的东西,在懵懵懂懂中认识别人。"

她的声音穿过店里的嘈杂,进入我的耳中。

"受他人的影响或教育,反过来又影响他人。比如,我提问,你回答,互相之间就这样产生了某种影响。"

"嗯。"

"我的想法受你的影响,混合在一起,在这个范围之内做梦。这个蘸什么?"

"盐。"

她往烤贝壳肉串上撒了些山椒盐。

"这个世界上满是这样的梦。它们相互影响、相互关联,像故事一样流传。这样的梦的数量可能与世界上的人口数一样多,是不是很可怕?"

"很可怕。真的很可怕。"

"是啊是啊是啊。"她说,"你有没有想过,这样的历程如果倒过来会怎样呢?"

"倒过来走?"

"嗯。如果追寻影响的源头,会找寻到什么呢?"

夜色笼罩中的串烧店里爵士乐轻轻地流淌着。

"最初是有人在思考,而现在全世界都继承了他的想法。"

我迷迷糊糊地思考着全世界想法的根源,一个白须白发的智者形象浮现在我的脑海中。

"首先有人将思绪驰骋到了肉眼无法看到之地,想象着草原的另一面会有什么。"

须发飘飘的智者从我的脑海中消失,我重新看见了草原的模样。一位赤脚的少年,注视着黄昏的草原以及远方的地平线。

"那人那时心中所萌发的意识符合我们精神的本源,即在语言还未产生时那种朦胧的意识。"

服务生拿来了芦笋串,静静地放了下来。

她定定地看着我的眼睛。她所看到的情景,以及我所看到的少年,渐渐融为一体,却又互相拥有着各自独立的新思想。

"你不觉得那人像一位神仙?"

"……是啊。"

我用山椒盐蘸了蘸芦笋串。

葡萄酒瓶空了。

我们继续干杯,喝干了剩下的一点儿葡萄酒。

15

刚刚进入12月,她就感冒了。

"好像有点不舒服。"早晨刚起床的时候,她有点困惑地说,"要说冬季感冒,好像还早了点。"

因为没有发烧,她就直接去了公司上班。但到了下午,好像就开始有些烧了。4点钟从公司一出来,她就来到附近的医院,等我回家的时候她已经躺在被窝里了。整个过程都显得简单而迅捷。

"每年都这样。"她说,"明天会烧得更高,但三天就会好的。"

"知道了。要吃点儿面条吗?"

"嗯。"

我加了很多浓汤,做了一碗味道鲜美的面条,加了一点儿葱和煮得烂烂的鸡肉,最后又在碗中卧了一个鸡蛋。

她一边说着好吃,一边慢慢地吃着面条。刚吃了一半,她就放下筷子说吃不下了。之后吃了3粒药片和一种冲剂,看她那痛苦下咽的样子,味道想必很苦。

"那个。"她重新躺到床上说,"我身体比较弱,明天可能会更虚弱,你别太在意。"

"明天我请假陪你吧?"

"不用。最好不要传染你。你不被传染比什么都好。"

我把手放在她的额头上,还是很烫。用体温计一量,三十七度八。

"后天会是个转折点,会慢慢好起来的,大后天就一点儿事都没了。"

我在她的枕边放上换洗衣和毛巾。为了使房间不那么干燥,还故意将毛巾打湿。手帕纸和垃圾筒也放在她的枕边。别的还需要什么吗?

她大声地咳了起来。

"……我睡了。"

"嗯,晚安。"

"晚安。"

她闭上了眼睛。

我关了灯,拉上拉门,离开家来到一家小便利店,买了一些面包、维生素饮料、水、布丁和香蕉。

那天,是我们同居以来第一次分床。

早晨起来,我熬了些粥。

她披了件褂子起来了,只喝了一点儿粥,吃完药后又躺回床上去了。一量温度,已经三十七度九。

我把面包和饮料放在她的枕边。

"肚子饿了就吃点儿。冰箱里还有布丁和香蕉。"

"谢谢。"

"多喝水。"

"知道了。"说完,她闭上了眼睛。

我离开家去上班。

我按时下班回到家。

房间里没有灯光,如深夜般安静。但是,这种安静不同于几个月前。同居以来的这几个月，这儿已经成了我们的两人世界。

我悄悄进屋，打开灯，房间里停滞的空气开始有了生气。在洗脸间洗了洗手，我打开了换气扇。拉开卧室的拉门，她正在看着我。

听到我说"我回来了"，她的嘴唇微微动了动，说"你回来啦"，枕边的面包还剩下一半。

我从箱子里拿出体温计递给她。把体温计夹到胳肢窝里的时候，她一直闭着眼睛。三十八度五。

"冷不冷？"

她微微摇了摇头。

"肚子饿吗？"

她又摇了摇头。

"吃苹果吗？"

"嗯。"她微微点了点头。

我去厨房削苹果。

看到她半躺着，我给她披了件褂子，用勺子喂她吃削好的苹果。花了很长时间，她才吃完了一个苹果。

"好吃。"她说。

"再来点吗?"

她摇了摇头,吃了药,又躺了下来。

我看着她的脸,她也看着我,屋子里只有冰箱启动的声音。

"明天就好了。"

过一会儿,她说了一句,然后又静静地闭上了眼睛。

但是,第二天,她依旧没有退烧。

"要是我能为你分担一半就好了。"

她沉默着,看着我。

"只有增加营养,保证充足的睡眠才能好。"

(对不起……)她的声音有点哑。

她真的很虚弱,似乎全身都变得轻飘飘的。我简直不敢相信,她会变得如此柔弱。

"想要我做点什么?"

她盯着我的脸。

(……跳"退烧舞"。)

退烧舞。我站起来。退烧舞。

我站在那儿转了两圈,然后向她伸出双手。我连续重复了三遍。

(……谢谢。)

她说。

退烧舞没什么用,第四天了,还是没有退烧。

(奇怪啊……)她的声音有点沙哑。(一般三天准好的……)

她一会儿说冷,一会儿说关节疼,咳得也非常厉害。为了她,我可以赴汤蹈火,在任何时候做任何事情,但现在我只感到自己的无能。我只能去买买布丁,挤挤毛巾。

第五天夜里,我又为她做了浓汤面条。我自己觉得比上次做得好一些。

"可以吃了。"

听到我的声音,她醒了过来,披了件褂子,努力坐了起来。她穿褂子的样子特别适合吃面条。她吃了口面条,说很好吃。接下来,她又吃了一口。

"怎么样？"

"噢，好像好些了。"

"是面条的力量吧？"

"可能是吧。"

她开始喝汤。喝完一杯汤，她双手合十说谢谢。看着她吃完药躺到被子里，我把体温计递给她。她好像有些出汗。

"那个……"她边放体温计边说。

"我刚才梦见自己玩柔道了。"

"柔道？"

"嗯，我想玩柔道。"

"柔道？"

我想了想。想打网球的话，去网球场就行；想游泳的话，去游泳馆就可以；想玩柔道该怎么办呢？

"……说起来，我们公司的体育馆里就有柔道馆。"

"真的吗？"

"嗯，想去吗？"

"不行吧。"

"可以。"我说。

仔细想来,这件事非常简单。想大声呼喊的话,就去河滩边;想玩柔道的话,就去柔道馆。人生就是这样,简单就是美丽。

"周日的话没问题,悄悄去吧。"

"嗯。"她笑了。

"那,暖和点儿了就去吧。"

"我可以随便摔你吗?"

"没问题。"

"可以无数次使劲摔你吗?"

"当然。我绝对是个好陪练。"

电子体温计叫了起来。

不知道是不是因为梦中柔道的作用,她的体温降到了三十六度六,她开始迅速康复,第二天就精神起来了。

16

过年了,东京下了第一场雪。

我从公司的窗户看着外面的雪花。我觉得,四站之外的她肯定也在看吧。

"下雪了啊。"旁边科室的一位男同事走了过来。

"是啊,下雪了。"我说。

窗外风很大。狂风肆虐中,雪花在接触地面的一刹那就消失了。我眺望着雪花不断落下的情景。

"好像积不下来。"

"嗯。"

同事看了一会儿窗外就走了。

这种天气应该早点回家,可是工作还有一堆。结果,等我到家的时候已经 11 点过了。

"我回来了。"

"你回来啦。冷不冷?"

"嗯! 脚很冷。"

我脱下外套,换了双袜子,马上就去烧洗澡水。她坐在桌子前面看电视。

"我烧水了。"

"谢谢。"

桌子上放着素描本,还有计算器、铅笔,以及像是我书架上的机械设计教材。教材翻在最后一页——单位换算表。

"这是干什么?"

我看了看素描本。

"电视上刚才在强调鼹鼠的力量。"

素描本上画了很多只惟妙惟肖的鼹鼠,下面写着 0.00055 马力,旁边还有什么计算式,好像用橡皮擦过很多次。

≒ 0.00055 马力

(HP: horse power)

"我算了一下,鼹鼠的功率相当于 0.00055

马力。"

"马力?"

我的这个她真的很特别。

一个 0，两个 0，三个 0，我用手指数了数小数的位数。

"这么说，2000 只鼹鼠聚集在一起才相当于一马力喽。"

我想象着 2000 只鼹鼠和一匹马拔河的情景。

"顺便说一句，我自己相当于 0.7 马力。"

"唉，那不是很厉害吗?"

"哎呀，马力这个单位又不大。良种马或是近年来进化的那些马，一匹大概四马力呢。"

"唉!"

"还有啊，我的体重是 7.6 英石。"

"英石?!"

"对，在英国，传统上用英石表示体重。一英石等于 6.35 公斤。"

"噢。"我说，"很有意思。"

"是啊，英石真好玩。"她高兴地说。

"有没有什么标准石头?英国标准的石头什么的。"

"不是那个意思。"

"那,是什么石头?"

"会不会是腌菜石那样的东西啊?"

哈哈哈哈,她笑了起来。

"那倒是被珍藏得很好。有意思。"

"有意思。"我说,"跟三只生猫一样有意思。"

"三只生猫?"

"生猫。一只生猫可以和四只海牛相匹敌。"

哈哈哈哈,她又笑了起来。

洗澡间的时钟响了,洗澡水已经烧好了。

外面还在下着雪。

这种生活永远持续下去该多好啊。会的,会永远持续下去的。让伤感与危险统统见鬼去吧。

永远、永远持续下去。

第三章 封闭的盒子

17

冬天快要结束的时候,她的身体出了问题。

她说总觉得没精神。低烧,两天就好。但这样的情况反复出现了三次。

她觉得没什么大不了的,一直在坚持上班。她说不是感冒,以前在换季的时候,也出现过这种情况。不过确实不像是感冒。

她虽然身体有些无力,但看上去还比较精神。可能是因为我见过她发烧时那种虚弱的样子,所以这种感觉更明显。她嘴上说着没精神,可还是微笑着,时不时开着玩笑。

我们俩都没有把她的症状放在心上,可过不了多久,她开始背疼,也没什么食欲。

她说,可能是压力太大了,最近太忙了。

"去医院看看吧。"

我边帮她揉着背边说。

"嗯。"她说,"但那儿的医生不行。"

她好像对上次的感冒耿耿于怀,三天就好的病,硬是拖了五天才好。我们商定,如果再出现什么严重症状的话就去医院,先休息一段,暂时不去上班。

三天后的一个晚上,她突然跑进了厕所说想吐。稍微吐出了一些,感觉好了点,但下腹部又有些疼。她蹲着,我帮她揉着背,说去医院吧。揉了一会儿,疼痛好像减轻了一些。

必须休息了,不能上班了。但她说还要再去一天,把剩下的工作处理完,从周六开始休息到下周。

当我从公司回来的时候,她已经躺在被窝里。

她说,明天回千叶。在她娘家附近,有家比较熟悉的医院。她说,周六周日休息一下,周一去医院。下周就在娘家静养一周。

"这样好,好好休息休息。"

"对不起。"她说。

"为什么这么说?"

"现在还在试婚中嘛。"

"哎呀。"我说,"这不正是一个好机会嘛。试婚已经够充分了,下面该准备进入正式阶段了。"

她看着我,像是在想什么。

"该准备进入正式阶段啦。"她说。

"什么?"

"这是正式求婚时说的话……"

哈哈哈,我笑了起来。

"哎,好好休息。"

"好的。"

"帮你揉揉背吧。"

她想了一会儿说,那就麻烦你了。

我把手伸到被窝里,抚摸着她的背,小小的,瘦瘦的,柔柔的背。

"回头我给你打电话。"

"好的。"

我继续帮她揉着背。

18

快到中午的时候,我们才起床。

她说,疼痛消失了,倦怠的感觉也没那么明显了。我把冷冻的面包拿了出来,做成烤面包片,还冲了必喝的牛奶咖啡。

三月淡淡的阳光照进屋里。我们把桌子移到窗边吃早餐。烤面包片并不是特别好吃。

"还记得我们第一次一起吃烤面包片的情景吗?"我问。

她沉默地看着我。

"组装化油器那天。"

"……啊。"她说。

"那时的烤面包片真的特别好吃。"

"是啊。"她说,"但今天也不错。"

我喝了口牛奶咖啡,重新打量着她。她脸色苍白,下巴削尖,眼睛深陷,时而温柔地笑着。

我想起那时候曾经觉得这就是人生最大的幸福:以我和她为中心的世界以及弥漫着温馨的同心圆。

她吃完了一片面包片,喝了牛奶咖啡之后,说:"我该准备回去的东西了。"

她开始整理行李,把睡衣、换洗衣服和日常用品塞到背包里。我也在旁边准备上班的东西。这段时间因为每天回来比较早,工作积压了一堆,所以决定趁着周末她不在就去加班。

收拾好行李,她背上背包,站了起来。

突然,我觉得心里酸酸的。她和那天一样的打扮,就是她说"新娘子来啦"的那天,说"礼数不周"的那天。那天,我们久久地、紧紧地握着手。

"……我来拿背包。"

"不用啦。"

"我来吧。"

我从她手里接过背包,比我想象的要轻得多。来的时候,她只带了一点儿行李,现在,她又要带着一点儿行李离开我们的家了。

我们离开公寓,往车站方向走去,转过超市,沿着老楼房的灌木篱笆往前走。三月温暖的阳光照耀着我们,我们俩慢慢地走着。

"累吗?"

"没事儿。"

说完这句话,我们又继续默默前行。经过了地藏菩萨庙,转过面包房,走过咖啡屋、银行、水果店、邮局、花店、售楼处。自从我们共同生活以来,这条路我们曾经走过无数次。

走上车站的台阶,穿过检票处,我们在月台握手,互道再见。她乘下行电车,而我则坐上行电车。和那天一样,我们久久地、紧紧地握了握手。

19

周日的早晨有些冷。

我穿着薄薄的外套,走向车站,坐上比平常空了许多的电车,走在比平常空了许多的街道,像平常一样和门卫打着招呼。

打开办公室的灯,坐在 CAD 前,继续画昨天没画完的图。在静静的办公室里,只有钢笔滑过便签簿的声音。

中午,和一位与我同时进公司的同事一起吃了顿"晚中饭",吃的是"大成轩"的炒饭。同事唠唠叨叨地说下周要去盛冈出差,前后唠叨了五遍。

和他分手之后,我买了咖啡,又回到 CAD 前。

午后的阳光穿过百叶窗的缝隙照进来。周日的阳光,给人一种特别的感觉。上司不在,又没有电话的打扰,工作进度出奇地快。

因为比原计划时间提前完成了设计,我决定下午三点就结束工作。当我整理好东西走出办公楼的时候,西边的体育馆映入了我的眼帘。

我径直走向体育馆。

看了看里面,一个公司职员模样的人带着他的家人在打羽毛球。我换上拖鞋,上了楼,走过二楼的练习室,来到了三楼的柔道馆,打开门。

在这间十平方米左右的长方形房间内,正对着门的地面上,榻榻米占据了半间屋左右的面积。墙上挂着三把练习用的长刀,正面墙的镜框上大大的"克己"两字引人注目。

脱下袜子站在榻榻米上,有一种冷飕飕的感觉。我想起以前上中学时,在体育课上无数次被老师摔倒的情景。

我走到榻榻米正中坐了下来。我是被动方。我将双臂上举,与肩膀同高,慢慢调整呼吸。被动方……

顺势倒下去,双臂撞在榻榻米上。"咚"的一声,在寂静的练习场中回响着。

我把脚放在榻榻米上，放松全身，呈"大"字形躺了下来，看着白色的天花板，深呼吸，吸气，吐气，闭上眼睛。

我想起了她，她想玩柔道。她问我，能不能使劲摔我？是不是摔多少次都没有关系？

她现在怎样了？是不是也像我一样躺着，看着家里的天花板？有没有哪儿不舒服？

我睁开眼，站了起来，再一次调整呼吸，这次向着右前方，采取被动方姿态转动着身体，只觉得周围的一切都在旋转之后，咚的一下，一切又都安静了下来。

声音传遍了练习场的每个角落之后慢慢消失。我又一次以右臂为支点向前转。伴随着撞击榻榻米的声音，感觉左半身受到了猛烈的冲击。

我无数次采取被动方的姿势摔倒自己，只为了驱赶心中那莫名的不安。我希望自己永远是她的"被动方"。

20

周一夜里风很大,呼啸着,敲打着窗户。

她本来说好9点钟来电话的,可是一直到11点以后才打过来。这种"晚点"的事情,发生在她身上非常罕见。

"我去检查了。"她说,"但没查清楚原因。所以,周四还要再去一次。"

"再检查?"

"嗯,下次应该会有结果。"

"现在哪儿疼?"

"没事儿。"她说,"休息了两天,也没哪儿疼了,食欲也好了很多。等有结果了,我再告诉你。"

"还没劲儿吗?"

"觉得好多了。"

听到我没有说话,她说:"家里很舒服。"

"怎么说呢,气氛很习惯,但就是有点儿无聊。"

"你那儿也刮大风吗?"

"嗯,声音很大。"

我能听到窗外呼啸的风声。

通过电话,我觉得她好像有心事,就紧紧地抓着话筒,想说点什么。但她什么也没有说,说了声"该睡了",我们就结束了通话。上床以后,风还在呼啸。我很多次被窗户摇动的声音所惊醒。早晨,一个人起床,一个人走向车站。

一年前,这是很正常的事情。但我现在已无法回忆起当时的心情,总觉得现在已经完全不同了,但又觉得没有什么变化。暂且不论心情如何,唯一不变的是每天坐着摇摇晃晃的电车,到单位制图。

周二早晨有晨礼。项目负责人向大家说明进展情况,并强调现在已进入攻坚阶段。

我心中嘟囔着:知道啦。我们所负责的"KestrelⅡ"将要迎来第一次出图高峰。本周末我们必须提交结构表,下周还有出图说明会。

我面对着 CAD，检查设计细节。我还必须总结耐久试验的数据，剩下的图还要加紧。

基本上每天都工作到 12 点，之后买份盒饭回家，喝点啤酒睡觉。

周四傍晚，我在单位给她打电话。

"检查怎么样？"我低声问。

"你在单位？"

"嗯。"

"忙吗？"

"特别忙。"

"是嘛……"

"检查结果怎么样？"

"那个。"她说，"下周一和周四做进一步检查。"

"进一步检查？！"我的声音稍微大了一些，"进一步检查是什么意思？"

"周一做 CT，周四做 MRI（核磁共振）。这样做完就能有个明确的结果了。"

听到我没有说话，她说"没关系的"。

"下周五我跟你联系。别担心。"

"……好的。"我说,"不管怎么样,好好休息。"

"嗯。"

放下电话,办公室的嘈杂声迎面而来。右后方,有人在一个劲儿地叫"大伴、大伴",左边则有人在大声怒喝:"是大伴产业!"

我喝完纸杯中剩余的咖啡。咖啡已经冰凉,只剩下一丝甜味儿。我捏扁了纸杯,把它扔进了垃圾桶。

后来几天,我疲于应付"出图说明会"。

面对着CAD,笔在便签上滑过。偶尔闭上一会儿眼睛,之后又盯着画面。

我想专心干完眼前这些事情:搬运部的齿轮比、AC摩托的转数、正时皮带的张力、裂缝现象的消除等等。我紧握着笔,盯着画面。

烦躁的时候,我就起来走走,不看画面,站起身来,走出CAD室,走过技术科,经过实验室,一直走到F栋大楼的楼头,装作找人的样子,之后再回来。如果还不行,就来到走廊,进入工厂大楼,穿过车间,走进一个陌生的洗手间,洗洗手和脸。

　　设计图一天天接近完成。每天都工作到去赶末班电车,之后在便利店买个盒饭,喝点儿啤酒,睡觉。

21

周五的出图说明会终于胜利结束了。

我将接受的课题任务按照时间和顺序排列好,记下来,然后准备回家。

今天是3月份的最后一天了。下了电车,经过售楼处,走过花店和邮局、水果店、银行、咖啡馆、面包房的转角。可能是白天越来越长了,微弱的阳光还照在我俩常常走过的这条路上。

终于可以在晚饭时间吃上盒饭了。我泡了杯茶,望着窗外,等着她的电话。

电话一直没有来。我用吸尘器打扫完卫生,又用洗衣机把衣服洗了,收拾好堆积如山的垃圾,洗干净浴盆。

在我洗第二缸衣服的时候,电话铃响了起来。我喝了口茶,拿起话筒。

"喂喂。"她说,"现在方便吗?"

"嗯,我正等你电话呢。"

"是嘛……"

她不说话了。我能听见洗衣机转动的声音。

"检查怎么样?"

"嗯。"她说,"那个……"

她告诉我说,下周二就开始住院。

为什么?面对我这个愚蠢的问题,她让我先准备好纸笔,记下她所说的内容。我准备了一支圆珠笔,把她的话记了下来:医院的名称和床位号,离医院最近的车站名,以及医院电话。这家医院好像听说过,应该是挺有名的一家医院。

"我从头跟你慢慢说。"她说,"有必要的话,你就记下来。"

"好的。"我说。

她平静地向我解释病情。

一开始,她怀疑是子宫肌瘤,就去了附近的一家妇科医院,拍了片,做了妇科检查。结果医生说她的子宫或卵巢有肿瘤,很可能是恶性肿瘤,建议她去大医院做进一步检查。

她问医生，恶性肿瘤是否就是癌症，医生说"是"。医生介绍她去东京的一家医院，并给她开了介绍信。

三天后，她去了那家医院。验血，验尿，拍片。等了一个小时才出结果，最后又接受了超声波检查和妇科内诊。检查完这一切，医生对照着数据，面露难色。

从超声波检查结果可以明显地看出肿瘤的大小和形状。左侧卵巢肿大，医生说有可能是恶性肿瘤。

她问：是否是卵巢癌？

医生说有这个可能。因为血液检查的结果还要等一周，如果到时肿瘤标志值高于正常值的话，那可能性就更大了。医生说，我给你预约一个紧急CT和MRI检查吧。

周一做CT，周四做MRI。结果，恶性肿瘤的可能性越来越大。肿瘤标志值也高于正常值。医生说，赶紧做手术吧。

说到这儿，她停了一下。

我拿着话筒,圆珠笔在纸上不停地写着。我感觉到全身的血液都集中到了脸上,我挣扎着,紧紧地握着话筒。

电话那头,她好像在喝着什么。

"那个。"她说,"下周住院。"

低头一看,我已经记了五张纸:下周二住院,再下周四手术。我重新握好话筒。

"是不是也有可能是良性?"

我能感觉到自己的声音在颤抖。

"嗯。"她的声音很小。

不手术的话,无法最终确定是否为恶性肿瘤。现在只能说,因为有可能是恶性肿瘤,所以需要手术。

"但是……"她说。

她问了医生很多问题,回家以后又查了很多资料,结果仍然是恶性肿瘤的可能性比较大,而且没有一项结果显示有可能是良性。她的姑母十年前也做过乳腺癌手术,不排除有家族遗传的可能。

"前一段我很矛盾,没法跟你说。"

她告诉我,现在是看着自己整理好的笔记在跟我说话:

太难以置信了!震惊与恐惧让我无法入睡。为什么我会得这种病?可是恐惧与不安无助于事。必须面对。但我无法不消沉。

嘀嘀嘀,洗衣机洗完了。

她一直在挣扎。当我在工厂内走来走去的时候,她在做 CT 和 MRI,在和医生商量手术的事情;当我在吃盒饭、喝啤酒的时候,她在面对残酷的现实,孤军奋战。太不像话了,我简直太不像话了!

"好好治吧。"我开口说,"不管怎样,要好好治疗。好好治吧。"

"……嗯。"

"明天,我去你那儿行吗?"

"好的。"

"不管是良性还是恶性,现在只需考虑好好治疗。"

"……是啊。"

好像她的身体状况现在还算平稳。虽然有时会腹痛，但止疼药一吃就没事了。另外，手术之前不适合做剧烈运动。

我们商量好第二天的安排。我决定下午两点去她家。

"今天我说得太多了。"她说。

"没事吧？"

"嗯，说出来，觉得心里平静了许多。"

她说，那明天见。听见她搁下电话，我才放下听筒。

22

一夜无眠。

过去的事情就让它过去吧。现在,我必须考虑今后的事情。

首先必须顽强地接受并理解这个现实,然后考虑自己所能做的并好好去做,不能有一丝差错。任何叹气和埋怨都无济于事,从今天开始,我必须成为她的支柱,全力支撑着她。

核对好开馆时间,我来到图书馆,查阅与她病情相关的资料。

我往返于书架和资料室之间,搜集了很多资料,在所有可能相关的页码处都插入了书签。我拿出平时积累的硬币,把相关资料复印下来,装进了活页夹。

我一边做着标记,一边翻阅着这些资料。一共复印了30张。

卵巢癌是一种比较特别的癌症,在年轻人与老年人中间都有发现。在美国,每70名女性中就有1人罹患此病。而在日本,这种疾病也有增多的倾向。因为初期没有症状,所以卵巢被称为"沉默的器官"。随着病情的发展,患者自身才出现反应,因此很多卵巢癌患者确诊时已经发生癌细胞转移,病症已经到了第三期或第四期。

原则上通过手术摘除肿瘤,确诊是否为卵巢癌。在实际病例中,通过手术前的CT、MRI超声波检查、肿瘤标志值等可以推断为"有卵巢癌的可能性"或"良性肿瘤可能性较高"。

手术中被确诊为卵巢癌的时候,就将摘除卵巢、卵管、子宫、已出现癌细胞转移的骨盆腹膜等组织。若是患者为强烈渴望将来还能生育的年轻女性,则将视情况保留子宫和单侧卵巢。

如果癌细胞转移尚处于第一期或是第二期,可以通过手术全部摘除,其后再进行预防性化疗;而若到了第三期、第四期的话,光靠手术无法摘除所有的恶性肿瘤。按照癌细胞转移的具体情况等,也有可能无法救治。

临近中午的时候,我从图书馆出来。

坐上开往千叶的黄色列车,我继续翻看着资料。

手术后,针对剩余的肿瘤进行治疗。以前一般采用放射疗法,最近主要使用抗癌剂的化学疗法。

抗癌剂对卵巢癌比较有效。抗癌剂可以击退癌细胞,如果反复使用,癌细胞就有可能被彻底消灭。只要效果明显,可以在一定的副作用范围内持续使用。

抗癌剂有很多种,效果因人而异,副作用也同样因人而异。最典型的副作用包括恶心、呕吐、毛发脱落、手脚发麻、白细胞及血小板减少等。可以通过食疗和吃药缓解副作用。大多数副作用在治疗结束、停药之后自行消失。

除了这些"现在采用的标准治疗方法"外,还可以根据临床的实际情况选择"临床试验中的新疗法"。近年来,卵巢癌的治疗飞速发展,即便发现时已是第三期或第四期,长期存活的可能性也在不断增加。

资料中有一个五年存活率的数据汇总:第三期的有 30%,第四期的不到 15%。

我从千叶车站换乘巴士去她家。坐在车上,我关上百叶窗,任由身体随着车的行进而摇晃。窗外的景色慢慢消逝。

理解,这是必须的。我已经明白她现在的处境以及下一步的治疗进程。但我的理解无法使她拥有希望。即使有希望,也只是负面的希望。哪怕进展顺利,也无法回到从前。

长期存活率、子宫切除、五年存活率。资料中的这些字眼,深深地刺痛着我的心。毫无道理。病魔就是这样毫无道理。

她必须与病魔抗争。她必须接受这一切。在这巨大的压力面前,她能坚持到底吗?我能成为她的支柱吗?……

在黑暗的思维旋涡中,我坚持着:为了她能做的一切,我能做的一切,具体能做的一切。我像念经一样重复着:我能做的,为了她能做的,我要抓住这一切,绝不松手。

巴士靠站,又继续前行。

可能她看到的字眼和我一样。我能想象到她的不安。

她向我解释这一切。在不安与恐惧的交织中,向我解释她的病情,而且解释得那么清楚。即使对照我找寻的那些资料,她的解释依然准确、清晰、完整。

她做得多好啊!想到这儿,我已经热泪盈眶。我急忙取出手巾遮住脸。

巴士靠站,又继续前行。

眼泪无声地流着,压抑的痛苦让眼泪从我那扭曲的面部奔涌而出。车厢里适宜的温度和车身行进中座位的震动包裹着我。我低下头,继续着无声的哭泣。

巴士继续向前,又过了两站。播音员单调的声音预告着下一站站名。

我抬起头,擦干眼泪和鼻涕,轻轻擤了擤鼻涕,慢慢调整呼吸之后,我把手巾叠好,紧紧握在手中。

扔了吧,扔掉这块已经打湿的手巾,抓住必须抓住的东西吧!

23

到了目的地,我走下车。

目送着巴士关上门开走,我把湿手巾扔在停车场旁边的垃圾箱里。

稍远处站着一个男人看着我这边,微微笑了笑,跟我打了个招呼。这个看上去有些眼熟的男人是她父亲。

"好久不见。"

我慌忙打招呼。

"你好。辛苦了,这么远过来。"

"实在不好意思,突然这么冒失地过来。"

他微笑着,指着路旁的家庭饭店。

"那么,在那边谈谈怎么样?"

"好的。"

她父亲在前面走,我在后面跟着。

好几辆车从我们身边经过。她父亲个子很高。我跟着他上了楼梯,进入店中。

女服务生走过来,我要了咖啡,她父亲要了红茶。生意冷清的店内,小声播放着巴洛克音乐。她父亲用手巾擦了擦手。

"……事情很麻烦。"

"嗯。"

她父亲看着我,眼神十分深邃。

"我查了很多资料。这个病相当难治。"

"嗯。"我端正了一下身体。

"只是,统计上的数字没必要太当真。比如,所谓的五年生存率,那也至少是五年前确诊的病例,现在情况已经不同了。"

我把一上午的所思所想统统说了出来。

"还有,比如说80岁时发现卵巢癌,那她是否能活到85岁,数据中也没有包含在内。生存率与每个人的生存几率相关,但事实却不是如此。"

"是啊是啊,是这样的。"

她的父亲不断地点着头。

"对不起。"我说,"我应该早点发现的。我们住在一起,但我却一点也没有注意到。实在对不起。"

"这也是没办法的事。没有明显的症状也发现不了,跟藤井君你没有关系。"

咖啡和红茶送上来了,我们都没再说话。女服务员摆好咖啡和红茶之后离开。

"没有你的话,佳美可能去医院会更晚一些。"

"但是。"我说,"让她更早一些去医院是我能做到的最重要的一件事。"

"是啊。"

她的父亲叹了口气说:

"说起这件事,我们也十分懊悔。"

我突然看到杯壁上有水滴滑落下来,在桌上形成一个圆圈。"覆水难收"的事情在心中只会留下一个空洞,可能不大,但却深不可测。

"我很欣慰。"

她父亲用的是年轻人的自称。

"有你在佳美身边,我真的很欣慰。"

他意味深长地看着我,然后低下头,很自然地按下茶壶的按钮,将红茶倒进杯中。从窗边的座位能够看见外面的车辆。

"你现在工作忙吗?"

"……嗯。"

我简单地跟他说明了现在的情况。我说忙是忙,但打算每天去医院看看佳美。

"也不必太勉强,可能住院的时间会很长。"

"好的。"

她父亲告诉我,平常她妈妈、休息日她爸爸能去医院陪陪她。她哥哥住在仙台,没法照顾她。

我俩又商量了很多别的事情:现在的具体病情、主刀的医生、与其他医生的会诊、知情后的治疗方案、住院费用、出院后的继续治疗等等。

咖啡喝完了,女服务生又送来一杯。不知不觉中已经下午 3 点了。

"走吧。"

她父亲说道。我们站起来,走出门。

两人并排着向她家走去。

24

不到 5 分钟就到了她家。

在玄关处跟她母亲打招呼时她从二楼下来了。

看到我,她笑着说:"哎呀,真是好久不见了!"她穿着一件黄色的派克外套,藏青色的针织衫。两个礼拜没见,她穿着我从未见过的衣服。

我被引到客厅,四个人坐下来喝茶。客厅的茶几上有一个我曾经在她房间看到过的京都产的装饰品。

她父亲叫我藤井君,而她母亲则叫我藤井。

她父亲问:"藤井君既然是岐阜人,应该爱吃团子吧?"她母亲回答说:"还得以关原为界。"她母亲又问:"藤井爱吃味重的东西吗?"她父亲回答说:"那是当然,岐阜人嘛。"

她父亲一直在讲并不好笑的笑话,而她母亲则一直报以不停的大笑。

她看着我,似乎在说"挺没劲儿的吧"。其实,有的时候也确实好笑,大概占四分之一吧。

"佳美长得很像爸爸啊。"我说。

"是吧?"她父亲高兴地说。

"藤井君说爸爸真让我惭愧啊!"

"我也是啊。"

"哈哈哈哈。"她父亲大笑起来。父女俩笑起来的神态真是像极了。

慈祥的爸爸、阳光的妈妈、快活的女儿、装傻的"女婿"。所有这些字眼仿佛让电车上看的资料都变成了虚空。

"该让年轻人单独待会儿了吧。"

她说。她爸妈都笑了起来。

她从妈妈手中接过装着茶和点心的盘子说:"拿着。"我接了过来,跟着她慢慢上了二楼。

她领着我来到一间有六铺席大的房间。据她说,两周之前这是她父母的卧室,而在三年之前则是她的房间。先走进房间的她靠墙坐了下来。

"你还有这种派克风衣?"

我坐在她旁边,把盘子放下。

"嗯。"她说,"高中时穿的。"

我转过身去,吻了吻她。

我的嘴唇刚一离开,她就"嗯"的一声笑了起来。"在家里接吻真有些不好意思。"

"刚才也被你爸爸弄得不好意思,在叫他爸爸的时候。"

"哈哈!"她笑了。

"到这儿来之前你们俩说什么来着?"

"说了很多,什么怎么轮流照顾你啊,出院以后的事儿啊,会诊的事儿啊,等等。"

"唉。"

"对了。"我说,"有什么东西要从公寓带到医院去的吗?"

"有。"

她准备了一张纸,我俩列了一份清单。家居服啦、CD啦、书啦,比我想象的要少。我沉默了一会儿。

"周四晚上我带过去。"

我把清单叠好，放到口袋里，我俩就这样手牵着手。地板上的小型加湿器发出"扑扑扑"的声音。

"那个。"她说，"手术本身好像并不麻烦。"

她盯着伸出去的大脚趾的旁边说道：

"只是他们问我是否有将来要孩子的打算。要是第一期的话还可能视情况保留子宫，再往后的话就不行了，因为有生命危险。"

我手中的她的手微微抖动了一下。

"我只能回答是的，也没有别的办法，没办法。"

"嗯。"

"好快啊，就要手术了，都没时间多想。"

我紧紧握住她的手，似乎无言以对。

"就考虑治好病。"我说，"出院以后还像以前那样，咱们结婚吧。"

"嗯。"她闭上眼睛，一会儿又睁开了。

"可是，子宫摘除的话，就会跟以前不一样了。"

"没有什么不一样，一点也不会不一样！"

"是吗？"

"就是的。"

"但是跟我们以前想象的未来不一样吧?"

"没什么不一样的。"我说,"可能构图会有一点点改变,但是颜色不会变,绝不会变!"

"……"

"肯定能够画出比以前更好的画!"

"……嗯。"

我们俩手牵着手,看着加湿器冒出的水蒸气上升到15厘米左右就消失在屋里的空气中了。

"我一定会活着的。"她说。

我紧紧抓住她的手,闭上了眼睛。我的她多好啊。

"扑扑扑……"水蒸气连续不断地上升着。

"你真棒啊!"我称赞她说,"伟大、出色,比任何人都要优秀。"

她慢慢把头靠在我的肩膀上。

我能做的,为了她能做的,为了她能拥有的,抓住它们,紧紧地握住它们。

我抚摸着她的头,继续鼓励着她。

25

过完周末,她开始了平生第一次住院。

手术说明之后,她接受了简单的检查和验血。

她的病房在五楼,面向东南,从房间里能看见盛开的樱花。她说,已经是春天了。她和轮流去探望的我以及她的父母一起,安静地度过了一周。

周四到了。

上午9点,在麻醉的作用下,她睡着了。

手术超过了8个小时。医生通过肉眼即断定为第三期进行性恶性肿瘤,病灶被摘除,而在腹膜转移部分还留下了无数小肿瘤。

躺在担架车上的她,被送回了术后恢复室。

我和她的父母一直等着医生允许我们进入房间内探望。在恢复室的病床上,她满身都插着管子,静静地睡着。在我们无数次的呼唤下,她睁开了眼睛，认出了我们，微笑着，很快又昏睡了过去。

一夜过去了，我们不断鼓励着她与手术后遗症抗争。她的胃似乎在剧烈疼痛着，既不能进食，也不能动。

在度过了痛苦的两天之后，她终于可以离开恢复室，但一直以流食为主，直到第六天才能正常进食。腹部依旧疼痛，但她说还忍得住。术后的恢复还算顺利。

慢慢地、慢慢地，重新回到了安静的住院生活，能翻身了，也能走路了。我削了苹果，和她一起吃。周日，我们还去医院内的咖啡馆。在暖和的店里，我喝着红茶，她喝着橙汁，呆呆地看着窗外的樱花树。

术后两周，正式的病理诊断结果出来了，是第三期 C 卵巢透明细胞性腺癌，并已转移到淋巴结。

转移到淋巴结，即意味着癌细胞已经向全身其余器官转移。如果不加以控制的话，就会转移到肝脏和大肠。医生说，下一步要采取化学疗法，消灭其余部位的癌细胞和腹膜转移部分的肿瘤。

化疗方案确定,决定第二周开始。一个疗程三周,使用抗癌剂,共六个疗程。据说透明细胞性腺癌化疗效果不好,预后也不好,但还是有根治病例。

周末的时候,医生给她放假三天,允许她回家。她在家吃了点寿司。据说,虽然瘦了,但食欲还像从前。在电话里,她笑着告诉我说:"米饭真好吃。"

在她回家的时候,我去公司加班。

她做手术的时候,我请了两天假。后来的每一天,我也是准点下班,所以积累了很多工作。看着"Kestrel"生产计划表,我在想着今后怎么办。

她还会住很长时间的院。我想尽量多陪陪她,和她多说说话。为此,工作也必须要好好干才行。

医院的探访时间到晚上9点为止。如果按时下班的话,我可以和她一起待上两个小时以上。如果每周能按时下班两次,再加上周六周日,那每周我可以去四次医院。不去医院的时候,就抓紧时间加班,能在家里和车上完成的工作就带回去做。我决定就这样有计划地、有规律地、长时间地去做。

在空无一人的办公室里,我独自在制图。办公的时候就专心地办公。

当她从家再次返回医院的时候,带去了毛巾被和枕头。

第一天做了简单的检查,第二天就开始静脉注射抗癌剂。

我们非常担心化疗的副作用,可她一个劲儿地说"没事儿、没事儿"。看起来确实也没有什么明显的症状,她只是说关节少许有些疼痛。她穿着伞形标志的训练服,在院子里散步。我们还悄悄爬上医院的屋顶,在强烈的阳光下眯缝着眼睛,俯瞰着地面的新绿。

住院生活比我想象的要平稳。我按计划奔波于单位和医院之间。不去医院的时候,我就6点钟在职工食堂吃饭,然后一直工作到坐末班车回家。公寓对我来说,只是一个睡觉的地方而已。

26

6月到了。

医院周围已有了初夏的气息。抗癌剂的使用已经进入第二个周期。

"体重下降了。"她说。

"多少?"

"大概一英石。"

"一英石?"我笑了,"一块腌菜石?"

我笑了,她也笑了。

"而且,头发也开始掉了。"

"哎呀,一点儿也看不出来。"

我说。实际上,不说的话根本看不出来。

"早上,枕头边掉了很多头发。"

"担心了?"

"没有。一点儿也不担心。掉多少都没关系。

比呕吐强多了。"

"真棒!"听到我的赞扬,她笑了。

"已经6月了。"我帮她揉着右脚说。

"真快啊!"

最近,我们经常做脚底按摩。我还买来穴位书放在她床边的书架上。

"嗯?那是哪一天的呢?"她说。

"6月。"我说。

"23号。"她说,"不对。是哪天的呢?"

"11号。"

"对,不好意思。"她说,"我好像记忆力有些衰退。"

"没有吧。"

"不知道。但从今以后,所有事情你都要好好记住。"

"当然喽。"

我继续帮她揉着脚。"从今以后所有事情你都要好好记住。"我慌忙将心中回响着的这句话驱逐出去。

"怎么样？舒服吗？"

"嗯，特别舒服。"

我从脚底慢慢按摩到腿肚。

"说起来……"

我告诉她在公司的柔道馆里所看到的一切。我还告诉她，为了能让她好好地"摔"我，我做了很多次被摔的练习。后来因为发生了那么多事，我都忘了告诉她了。

"出院后咱们去吧。"

"好的。"她说，"不知道我能不能好好摔？"

"当然能。我都准备好了。"

她高兴地笑了。可能是白色反光的原因，病房里的阳光比办公室和公寓都要充足。6月的阳光在病房里跳跃，制造出了一个温情的空间。

"11号我送你一件礼物，想要什么？"

"嗯——"她声音高了起来，"我现在想要的是健康。"

"那当然，其余还有什么？东西，要东西。"

"那，护身符。"

"护身符？"我想了想，"去成田山一趟？"

"不是这个意思。我想要个盒子，我要你做个绝对封闭的盒子给我做护身符。"

"封闭的盒子？"

"对。里面的东西绝对取不出来的盒子。中间什么也不放，但盒子也绝对绝对打不开。"

"多大？"

"这么大。"

她用中指和大拇指比画了一下。

我在头脑中画了一个边长为3厘米左右的立方体。一个里面空空如也但绝对封闭的盒子。

"那就交给我吧。我在试制室做完给你。"

"绝对封闭？"

"绝对。连亚历山大卡列林（世界著名摔跤手）都开不了，连大象也踩不坏。"

"那就拜托了。"

"等'Kestrel'告一段落行吗？"

"嗯。"

她又高兴地笑了。

这之后过了不久,副作用越来越明显。

首先食欲下降,只觉得嘴里发苦。即使努力想吃一点,马上就想吐,而且背和脚也疼起来了。

我每天都去医院,为她按摩脚。

第三周期化疗开始时,她的头发基本掉光了。

她穿着伞形标志的训练服,戴着针织帽,与呕吐、疼痛、手脚麻木抗争着。

副作用毫不留情地日渐增强。我按摩着她的手和脚,继续鼓励她。苹果削了皮,她也只能吃一口。

检查结果,也有数据显示有好转倾向。她说:"全身的细胞都在战斗,我这个头儿不坚强怎么行呢?"我和她的父母也只能鼓励她,陪伴她。不管怎样,也只剩下信任与陪伴了。

27

夏天到了。

治疗进入第四、第五周期,副作用的强度也变本加厉起来。原以为以前的副作用就已经够厉害了,谁知道那些只是"小儿科"。

药物并不能阻止疼痛与呕吐。她基本上吃不了什么东西,而且每天都在低烧,血小板和白细胞还在减少。一个小小的感冒或是出血,对她来说都性命攸关。天气越来越热,她的体力也越来越弱。

在进入第六个疗程之前,有一段长时间的停药期。为了让她能恢复一些体力,她妈妈为她带来了她爱吃的东西,但是她只吃了一点点。

最后一个疗程。我们每天祈祷着去医院。她用瘦弱的身躯,忍耐着副作用的侵袭。她的体重减少了 13 公斤。

不是夸张，对她来说，已是体力上的最后一战了。还有一周……还有 5 天……还有 3 天……我和她的父母一直握着她的手。

结束了。我们说这句话的时候，她的表情没有丝毫改变。你真棒！当我和她的父母以及护士围着她、告诉她的时候，她终于露出了放松的神情。

长久的化疗结束之后，副作用也一点点减轻了。为了恢复体力，她尽量多吃饭，好好睡觉。

医院外面已经是 10 月了。

工厂里开始了"Kestrel Ⅱ"的生产。

为了解决初期生产中的问题，我在工厂内来回巡视。可是不管怎样还是有情况发生，我根本没时间去医院了。

生产线的巡视结束之后，我就回到 CAD 室订正图纸，很多时间就睡在了办公室。我必须尽快让产品生产进入正规，尽快回到医院。因为疲劳和睡眠不足，我觉得昏昏沉沉的。

她接受了全身检查。

关于检查结果,她的父母和医生做了交流。

化疗有一定效果,但并没有根治。最初的四个疗程效果不错,但后面两个疗程效果不太明显。考虑到副作用,医生觉得这种治疗方案没必要继续下去。

医生提出使用另外一种抗癌剂,并和她以及她的父母做了沟通。她考虑了一下,接受了这种治疗方案。她说:"我明白了,我会努力的。"

三天之后开始使用新的抗癌剂。她说,静脉注射的时候,感觉像喝醉了酒一样。

副作用在第二天就开始显现,疼痛和呕吐比上次还厉害,贫血也更为严重,以致血小板都降到了危险水平而必须持续输血。一周、两周,她一直在和副作用抗争,但却没有好转的迹象。

那时我还在工厂。

在准备第一次出货进行最后装箱的时候,突然发生了事故。因为一个男电工的简单失误,"Kestrel

Ⅱ"一号机喷出火来,轰的一声,所有机器都瘫痪了。

工厂里顿时乱成一团。

那个男工人一脸歉意地来道歉。我说,这也是没办法的事情。取下配线检查,发现主基板已经完全烧毁。

也不知是何缘故,电工竟然会操作失误,再加上未接地线就摆弄基板。妈的,越忙越添乱!

在紧急指令和报告满厂飞的时候,我独自一人卸下一号机的电源单元。我的大脑已经是一片空白,仿佛是另一个大脑在思考对策:卸下电源单元之后先和五号机的基板进行交换,继续检查软件和配电,明天应付PD(项目经理)的责问。但是,之后又如何呢?之后也只能等新的基板到货,再急也得5天!

这样看来,此后的几天也无法去医院了。想到这儿,我原本紧绷的神经突然放松了下来。

制造部部长来到现场,开始给主任具体的指示。周围聚集了很多人,开始了长时间的解释与说明。一帮不懂行的人，只会说着一堆废话，没有任何建设性的意见，滔滔不绝，没完没了。

这帮家伙！血液冲向我的大脑，我简直是怒火中烧！

这帮混蛋！有功夫废话还不如赶紧过来帮忙！

我听见主任慢腾腾地说："最快也只得一周之后才能交货了。"有人嘟囔说"没办法啊"。"可以先用五号机的基板。"突然传来部长高亢的声音，仿佛灵感突现时那种得意的语调。

"愚蠢！"我心里想道，"这个谁不会啊！"但是只是交换也并不能解决问题，这也是大家现在头疼的原因所在。这个蠢货！

"盛冈怎么样？"是主任的声音。"盛冈总是慢一些。"被叫出来的材料管理员仿佛在谈论与己无关的事儿。

"你去！"我在心里叫喊着，"你现在就去盛冈，把基板取回，现在就去！"

我一边强压着几乎喷出的怒火，一边想把五号机的基板取下来。但是，我的手却在颤抖，大脑一片空白,甚至连小小的螺丝也无法拧下来。

我任凭螺丝刀掉落到地上,然后将脸凑到"Kestrel"的架子上。我的脑海中逐渐充满了一个念头——这一切与我何干?

做这样的东西又有何用?"Kestrel Ⅱ"就不需要。"Kestrel Ⅰ"已经基本满足了市场需求,无法印刷就算了呗。说什么分开运输又能怎样?曝光速度就算能够提升又如何呢?无所谓了,真的无所谓了。

我逃离了,穿过现场,走上楼梯,走向空无一人的厕所。打开门,写着整理、整顿、清洁的标语映入我的眼帘。

我紧紧地抱住马桶,像狗一样嚎叫起来,眼泪噼里啪啦、噼里啪啦地流下来。

眼泪流个不停,嚎叫也不曾停止。我关上门,紧紧锁上。

她与病魔抗争的时候我在做什么呢?我到底在这儿干什么呢?!

28

新抗癌剂最终并没有奏效。

副作用比以前还要大,她已经无比虚弱。治疗只进行了一个周期就停止了。

虽然又改用了别的抗癌剂,但也仅仅进行了一个周期,原因是同样没有任何疗效,而且副作用过大。

从开始治疗算起,已经过去半年了。等副作用缓和下来,她又接受了全身检查。

医生向她的父母说明了检查结果。我从她父亲的来电中知道了这一切。

腹膜处肿瘤增大,并已转移到肝脏和小肠。已经没有什么抗癌剂适用于今后的治疗。即使继续现在的治疗,也看不到任何好转的趋势,只会白白消耗体力。而且不可能再进行手术。最后,医生明确宣告说:"顶多还能再活3个月。"

她的母亲泪如雨下,而她的父亲则央求着医生再想想办法。

但是医生回绝了所有的可能性。医生说,最初使用的那种抗癌剂还算有效,现在可以稍微再用一些,但是考虑到癌细胞的抗药性,这次的效果还无法断定,另外顶多再增加一些止痛方面的治疗。

她的父亲声音颤抖着向我诉说着这一切。我只说了句:"知道了。"

只有"3个月"这几个字不断在我的脑海中闪现。

怎样才能接受这个数字?当然无法接受,无论如何也无法接受!

公寓的房间,还和那个时候一样。素描本,两个靠垫,都还放在原处。洗脸间的杯子里还插着两支牙刷。如果她明天回来,立刻就可以重启原先的生活。

我还会活多少年?为什么我不能分一半给她?

我们同甘共苦到现在,可是为什么我们不能共同分担病魔与死亡?……

等我回过神来,我才发现自己把厨房的水龙头拧开了。水流到水槽里,哗啦啦的。

我把杯子里接上水。我为什么要这么做呢?……

我把水含在嘴里,什么味儿都没有。水哗啦啦地流到水槽里。关上水龙头,水流声停止了。低头一看,我的右手还握着杯子。

这种握力是什么?为什么会有这种力量?为什么我会握着杯子……

痛苦与压力如此巨大,我不知道是如何走到今天的。如果说生命就是接受失望、接受不想接受的一切,那么我不知道今后还能怎样活下去。

3个月,一个数字,一个虚空的数字。为她所能做到的,为她可能拥有的。心中的呐喊只是文字,只是平淡的、无意义的符号而已。

29

果真在 3 个月之后。

现在回忆起来,那是非常平静的 3 个月。比起以前和她见面、唱歌、大笑、生气的任何时候都要平静的 3 个月。

我每天定时下班去医院。

她不怎么说话。即便我们和她说话,她也只是简单地回答一下。

"吃苹果吗?"她摇摇头。揉脚的时候,她小声说"谢谢"。无论我怎么按摩,她的脚依然没有消肿。她的眉毛早就掉光了,而胳膊也细得一碰就要折断似的。她的意志如透明般薄弱,偶尔会无力而哀怨地笑一笑。

我坐在床边,一个劲儿地跟她说话。当听到"试制室的石山"时,她好像比较高兴,我就每天讲给她听。

试制室在活动房屋的里面,那儿的主人叫石山。石山在午休的时候会和总务部长下棋,迄今为止总共下了大约3000回了。他俩原本是关系很好的同期职员,如今两个人在公司里的地位可谓是一个天上,一个地上。

试制室里工具齐全,基本上所有的东西都可以在那儿做出来。自己做不了的,石山都能做。

"这个,能帮个忙吗?"

"哦,知道了。"

事情就这么简单。

石山的工作能力超一流。他能用老掉牙的加工工具做出我们请他做的任何零件,而且精度超乎想象,已经超越了"不可思议",到了有些神奇的地步。

我们常常大声说着"太厉害了",称赞着这位"试制室之王"。在这种时候,我们都称石山为"大师"。

我一边继续按摩她的脚,一边继续讲着石山的故事。

没有零件需要制作的时候,石山就干总务部安排的活儿:做鞋箱、拉直弯曲的拖把柄、配线等等。打开试制室的大门,就会听到"叮叮叮叮"的门铃声。我们把它叫做"石山的诡计"。

在试制室的正中放着用御影石做的水平台面,又重又大,也不知是如何运进来的。有人说是先设计好,然后做的预制板。

试制室似乎是一个独立的部门。课长的谋略、部长的政治影响力、社长的威风都无法波及至此。只有一个试制室,和一个叫作石山的主人。

很可惜,石山没有徒弟。我想,也有人想当他的徒弟,但是却无人明确表示此意,而且就算提出这种想法也没人在乎。

等到石山退休之时,试制室也就完成其历史使命了。到那时,"国王"走了,留下的只是一个物质的空间。或许,只有这个永远没有阳光照耀的空间,以及那个巨大的水平台面会永远留存下来吧。

我握着她的手,她闭上了眼睛。我每天都是这样握着她的手,直到她睡着为止。

2月11日,星期天。

睡醒了的她,突然说想喝牛奶。

牛奶?我稍微有些吃惊。还是去小卖部买来了纸盒装的牛奶。她自己坐起身来用吸管喝着牛奶。

我看到她久违的笑容。她的眼睛确实流露出一种真实的生气来。我拿出她哥哥从仙台送来的苹果问她是否要吃,她"嗯"了一声。我慢慢地削着苹果皮。

她闻着苹果的香味儿,看着我,用手摸我的脸,仿佛要确认这个她曾经生活的世界一样,她一件一件地做着这些。

我们接吻了。她那柔软的嘴唇,微微有些苹果的味道。

最后,我们聊着天,仿佛要把以前所有的一切再度重新拥有一般。

她的记忆好像变得有些混乱,一个月前的事情和半年前的事情重叠在了一起,而前天的事情却变成了很久以前的事情。但是,我们却一直在聊着天,聊我们的第一次见面,我们的初吻,求婚的琐事,总结会的事情。这些事情她似乎还记得比较清晰。

过了一会儿,她说有点儿累了,就闭上了眼睛。在我的守护中,她很快就睡熟了。

她睡着的样子让我想起了老海豚:潜水时为了呼吸而露出水面,过后又再次下潜。

窗外开始下雪了。

下雪喽。

我跟睡着了的她说着话,她没有任何反应。我的眼光转向窗外,继续看着飘落的雪花。大片大片的雪花纷纷扬扬地飘落下来。

当我的眼光回到床上的时候,我发现她正在注视着我。我盯着她说:"雪。"

她没有回答,只是目不转睛地盯着我看。我朝她微笑,然而她的表情并没有任何的改变,依然目不转睛地盯着我。我握住她的手。

"我想好起来。"

好不容易才能听到的孱弱的声音。一行热泪如彗星般滑落。

"没问题!"我说。

"没问题!绝对没问题的!"我不断重复着。

"没问题!"我如傻子一般地重复着,"绝对没问题的!"

不一会儿,她又闭上了眼睛。

窗外的雪还在下着。

第二天,她再也没有睁开眼睛。

偶尔,她仿佛想要说些什么,张了张嘴,但是很快却又闭上了。我握住她的手,也没有什么反应。

她被移到别的病房,戴上了呼吸器。

我只能待在那儿。不知道自己应该跟她说些什么,不知道应该祈祷些什么。不知道想什么,不知道祈祷什么,只知道握着她的手。

三天了。

在我和她父母的陪伴下,她静静地走了。

第四章 箱子里面

30

叮叮叮叮叮,门铃响了。

空无一人的试制室里,巨大的水平台面正坐于中间。围绕着台面的是车床、钻床、磨床等加工工具。

我坐在台面前。冷冰冰的,巨大的御影石没有重量,只有重力的感觉。

我拿出 3 毫米厚的金属板,画上线,摁下里面控制器的按钮,沿线切割金属板。转动的锯刀声回荡在工业油味浓重的试制室里。

我用老虎钳夹住已切割成 L 字形的金属板,用锤子将它敲弯。

石山不知从哪儿回来了,看着我的作品。我把做完的两个零件给他看。

"我想把这两个焊起来,能帮个忙吗?"

"焊?"

我把两个部分组合起来给他看,"把这儿焊起来。"

我描了描立方体的边。石山手上拿着我的作品,变换角度看着。

"我想做一个绝对封闭的盒子。"我说。

"封闭的盒子?"石山奇怪地看着我,"就是说,要把这儿焊起来?"

"嗯。"

"这儿全部?"

"是的。要焊得密不透风。"

"好,现在就干。"

石山走在前面,我们进了旁边的房间,把零件放在水泥地面上,用木块固定住。"试制室之王"戴上面罩,准备好焊条。

"稍微离开点。"

我看着他作业。

青白色的光在他的指尖闪耀。

随着"嗒"的一声,盒子在大师的手中合上了。

春天已经过去了一半。她已经走了100天了。

她拜托我做的盒子现在才做好。我应该早点做好，交给她。应该那样做。但现在已经没有任何意义了。她已经不在了。

我把盒子放在桌上，杯里倒上烧酒。

房间还像以前那样。靠垫，素描本，拖鞋，CD。两支牙刷还照样插在杯子里。只有她不在了。

她的人缘很好。告别仪式上，很多亲戚、同学、同事都来了。大家都为她的过早离世而伤心流泪。她的母亲痛不欲生，她的父亲和哥哥则强忍着眼泪。

我拒绝了站在前面的邀请，而是选择了站在最后面。因为我想记住所有爱她的人，所有来送别她的人。

葬礼是一种美好的程序。和尚念经的声音，敲打木鱼的声音，还有抽泣的声音，都钻进了我的内心深处。我闭上眼睛，拼命想她。但是我的心里却只有安静的祈祷。虽然我觉得不该仅仅如此，但心中却只有祈祷。

最后是她父亲的致辞。"对她的感谢与爱,她的生命曾经多么荣耀,给周围的人带来多少希望。"她父亲几度哽咽着说,"我们将永远铭记着和你一起度过的美好时光活下去。"最后,他终于失声痛哭。

到了出殡的时候了。我们最后一次跟她的遗体告别,随后她化成了青烟。

回到房间,我把丧服挂在衣架上。

我想去旅行,但又觉得这个时候不太合适。我也想辞职,但是,时机也不合适。

结果,我什么也没有做,就这样喝着酒。在这100天里,我每晚都这样酩酊大醉,泪流满面。

杯子空了,再倒上。我连着喝了三杯。

回忆总是停留在相同的一点,我又想起了那天。她说着"嗨"来到我这儿的那天。她说着"礼数不周"。我们紧紧握手。我取出素描本,打开。

无论健康

无论疾病

无论欢乐

无论悲伤

无论富贵

无论贫困

呵护它

尊敬它

安慰它

帮助它

白头偕老

直至死别

你愿意吗?

　　写有日期的、合着的素描本。在日期的旁边，写着小小的两个字"愿意"。不知她是什么时候写上去的。

　　眼泪落在纸上，浸湿了4B铅笔写的字。愿意。我们约定了一年。一年。再也不会到来的7月7日。

　　我想起了融化在7月天空中的米粒。和她一起撒出的米粒。米浴，米粒之浴。新鲜的轨迹。

　　我突然想到，米粒可能还残留在阳台上。必须找一找。我摇摇晃晃拿来手电来到阳台。

我想应该有。我用手电照着阳台的角落,蹲了下来,感觉应该有一粒残存的米粒。

我想找出米粒,把它放进盒子里,在盒子上钻一个孔就行,将米粒放进去之后再把洞塞上即可。我趴在阳台上仔细寻找着,找啊、找啊……可是无论怎么努力都一无所获。

我回到屋里,继续喝着烧酒。

我的手和胳膊都弄得黑乎乎的。只有永远封闭的盒子默默地矗立在我的眼前。

多久没有拿着手电来阳台了?我无法回答。两年前的 6 月 11 日。

"今后的事你可要全部好好地记住。"

我自言自语,心中懊恼不已。

我真是个混蛋。她曾经说过想要一个绝对封闭的盒子。一个绝对封闭的盒子!这可是有深深的含义的啊。她想要的是一个不会被任何东西侵入的永远封闭的盒子。有米粒进去不行,盒子上有洞肯定更不行。

我又倒了一杯烧酒，继续喝着。

桌上还有一本红色的存折。在那以后，又增加了无数行存取款的记录。一年之后就再也没有了。"是要有个性的，还是普通的？"我的脑海中又浮现出那个银行女职员的问话。当时如果选择个性一点儿的，可能会更好吧。那样的话，她或许就不会离开人世了。脑海中总是不停地出现一件事情。"退烧舞"，如果跳得更"专业"一些该多好！再多转几圈该多好啊！还应该早些带她去柔道场，让她无数次将我摔倒在地该有多好啊！清洗、拆除、重组。无论采取何种手段，失去的总归失去了。

了解她的病情之后，我到底能够做些什么呢？我不是医生，什么也做不了。她哭着说想好起来的时候，我也只能说"没问题"，只能像个傻子一般不断地重复着说："没问题，绝对没问题的！"说没问题，其实她的哭就表明了一切。有时间说这种毫无意义的话，还不如跟她一起哭，以一种同生共死的心一起哭。这样的话，她的悲伤或许就能减轻一半了……

不知什么时候，纸箱中的烧酒已经空了。我把纸箱扔到地板上，跌跌撞撞地冲进厕所。我的身体一动就是一种天旋地转、头重脚轻的感觉。我抱着马桶，眼泪、胃酸以及所有的一切都奔涌而出。

我将手放在扶把上，喘了一口气。吐出的东西随着水流冲走了。我靠着墙，感觉自己的心"咚咚咚"跳个不停。

我在干什么，到底在干什么！特意买来劣质酒，故意喝得酩酊大醉，想要麻痹自己的悲伤，我到底要干什么？！

为什么这个世界上要有病魔和死亡？

我的想法又回归原点。她来到这个世界，孕育着自己的爱情，洋溢着自己的祝福，应该是这样的。但是她却去了，只留下巨大的悲痛，无法拯救、无法安慰。遗憾与后悔、绝望与无助，无法掩盖的失落与悲恸，只有这些！

我想，这就是命。我对生命的前提和不完全性感到愤慨，对生命系统的整体矛盾性感到愤怒。

那么她的生命有何意义呢?希望与她同生共死的我的生命又有什么意义呢?我真想找个人问问。我的脑海又是一片茫然与空白。我就这样如死了一般睡着了。

31

公寓外已经是 6 月了。

周四回来的时候,我在电车上看见蚊子在飞。

为什么会在这儿飞呢?蚊子仿佛在启示着什么,慢慢地飞着。不一会儿,它改变了方向,融进了周围的环境之中不见了。

我走在我俩的街道上,感觉到自己的心情与平常有些不同。蚊子两秒钟能够飞行大约一米的距离。在走回公寓的路上,我反复地想着这件事。蚊子两秒一米,两秒一米。

到了家,我打开素描本,拿出计算器、铅笔以及机械设计教材,手中握着 4B 铅笔。

≒ 0.00147 马赫

"蚊子是 0.00147 马赫噢",我抬头嘟囔着。

看到这个公式,她会说什么呢?我想起她快乐微笑的样子。

"蚊子是 0.00147 马赫噢",我又嘟囔了一遍。

我继承了她的想法吗?但是……但是她已经不在了。我的眼泪又流了下来。

我翻到素描本的前几页。她计算的鼹鼠的马力、她画的牛、她画的马、她画的家里的布置、她画的"生猫"的想象画、她画的城堡、她写的誓词。我的眼泪噼里啪啦地掉到纸上。7月7日。两个小小的字——"发誓"。BOOK 的像。金色凸。

她在很多地方写下了很多:"晚了!""昨天做的梦""健美大赛""生日""夏威夷""废物""华丽的设计""cavernaria""惠比须神""别闷闷不乐的!"。

别闷闷不乐的!

我知道了。

为她哭泣?为她擦干眼泪?活着的我,只能选择其一。我知道了。该停止哭泣,停止喝酒了。

我对她说:"我知道怎么做了。"

但是第二天夜里,我又喝酒了,我又流泪了。接下来的一天也同样如此。

我决定不再为她哭泣。但那又能意味着什么呢?决定了又能如何?无论坚强还是柔弱,又有什么关系呢?什么情理,什么定论,什么套话,都没有了任何意义。

人没了,就彻底没了。

一种巨大的力量强行夺走了她,切断了她与这个世界的联系。

我们曾经共同拥有的时间、空间、感情,从那以后都无影无踪了。一种无法逆转的绝望的断裂。在所有的事情当中,唯有死亡是完美无缺的。

爱和生是完美的吗?信仰、意志、还有感情是完美的吗?月亮、太阳、山脉、空气是完美的吗?

我注意到了时间。在这个充满着不完美的世界中,只有时间的流淌和死亡有着相同的完美。

在痛苦中,时间流逝。不同种类的时间,相同的流逝速度。在我的心中,累积着没有了她的时间。一点点留下,一点点积累,一点点穿越四季,一点点流淌在时间的长河中，如飘落在海面的雪，在落下的那一刻消逝。

我抿着酒。

6月的夜晚，天慢慢黑了下来。2点了，3点了。我喝着水一样的酒，叹了口气。窗外微微有些亮了起来。又一个寂静的夜晚。

不久，在酒精的麻醉下，我睡着了。声音消失了，温度消失了，我沉入深海之中，在海底流淌的眼泪不像是眼泪，从眼中流出就融进海水之中，如羊水一般包围着我。

在模糊的意识深处，我思考着。想哭就哭吧。

行吗……我对她说。这样行吗……

已经6月啦……没有回答。今天是6月11号哦……又听到了她的声音。她说，我知道啦……我对她说，我都记住了，放心吧……

还有……我继续对她说，没有你的日子……我想重新开始没有你的日子……好好睡一觉之后浮上海面……好好开始……所以……好吗……好吗……这样好吗……好吗……好吗……这样好吗……

醒来的时候，已经过了中午。

我站在厨房里煮开水，好久没有做过这种事了。我把杯子和沥干架放在盆子上，认真地倒着开水。东西方的礼仪混合又分解，水蒸气被换气扇吸了进去。

我从冷冻室取出咖啡豆，开封，取出适量的过滤纸，慢慢倒入开水。现在想起来，自从她生病以后，我一次也没有做过这类事情了。

看着窗外，我喝着咖啡。我代替她在心中说，真好喝。喝完以后，我站起来去附近的超市。

我把从超市要来的瓦楞纸箱放在房间中央。

西装、内衣、手帕、毛巾、牙刷，她的所有东西都塞进了纸箱里。挎包、鞋子、枕头、拖鞋、郁金香帽子。与她有关的东西，我想全部塞进去。笔记用具、工作用具、背包、食具、存折、书本、铅笔、靠垫、Felix 的杯子。一共装了 5 个纸箱。

应该装进去的东西全都装了进去。我从第一页开始重读了一遍素描本，稍稍犹豫之后，也放进了纸箱中，用胶带封好，放进壁橱里面。

　　房间彻底回到她来之前的样子。只有绝对封闭的盒子留在了矮柜上。

32

夏天过去，秋天来了。天空有晴有阴。

过了冬天，春天来了。寒冷的日子就穿厚点，日照强的时候就戴上帽子。

又一个夏天，又一个秋天。她走了已经快两年了。

我周围的情况像是有些改变，又像是没有改变。公司已经开始开发 Kestrel Ⅳ，房间里又添了新的东西。只有永远封闭的盒子依旧放在矮柜上。

曾经削过一次苹果。可以说，我削苹果的手艺不输于任何人。吃苹果的时候，我想起中学时足球部顾问说过的话："体力会很快减弱，但技术只要记住就绝对不会忘记，绝不会忘记。"

我开始认真考虑搬家的事情。

我想带着永远封闭的盒子，我可以去任何地方。

33

一个休息日的早晨。

家里突然来电话说,BOOK死了。

我想它是尽享天年了。

妈妈平静地说。自从上次那件事以后,BOOK又活了三年多。据说,这三年,BOOK活得很自在。每天很少活动,只吃一点点,大部分时间都在睡觉。

今天早晨,BOOK在妈妈的膝盖上静静地死去了。没有任何痛苦,像是睡着了一般。

现在去了那个世界了。

说完,我放下电话。

我走向停车场,推出摩托车。我将摩托车倒出来,一直推到路边。

那次以后,我一直定期保养摩托。我跨上摩托,用劲踩下踏板,发动机立刻发动起来,排气管中喷出一股白烟。

我慢慢挂上挡。

沿国道向北，经过加油站，一位打工模样的年轻人走过来为我加油，胸牌上写着"服务员石川"。

加完油，石川职业性地说了声"980日元"。加藤已经不在这儿了，毕竟已经三年了。

在石川的目送下，我继续沿国道向北。上了高速之后，油画般的景色向我身后流动着。

在箱根附近，我看见前面有一辆"保时捷"。我盯着它风驰电掣般的背影，车身上是它的车牌号。我盯着那数字，追随着它。我感觉到景色与风在向后飞驰，眼中只有前方的数字。

4个小时之后，我回到了家，见到了BOOK的遗体。

它的脸僵硬、冰冷而又安静。

我自以为这个小家伙应该算是幸福的。被丢弃、被收养、长大、衰老，最后死在它最爱的妈妈的膝盖上。我用手摸着BOOK的头，对它说："谢谢你。"

"我把它埋到河滩上去。"我说。

妈妈用BOOK最喜欢的毛巾裹住它的身子,又用浴巾在外面裹了一层。妈妈又拿出来一堆东西:食盆儿、花种子、破布球,说要一块儿埋了。BOOK无数次捡回来的破球。我把这些都塞进背包里背上。那时在我胸前露出脑袋的BOOK,现在有些出乎意料的重。

走到外面,天空蓝蓝的,白色的云彩轮廓分明。我再一次发动摩托。

轰轰轰轰轰轰轰。

BOOK最喜欢的二冲程发动机的声音在街道上空回响着。

走啦,BOOK!

我们穿过窄窄的街道,向图书馆方向奔去。在那儿,我第一次见到BOOK。"还记得这儿吗?"我对BOOK说。我在捡到BOOK的地方停了下来。

多年没见的图书馆,仿佛小了一圈。

当年将BOOK扔在这儿的人,现在在哪儿,在干什么?如果他听说了BOOK这十年的故事又会说些什么？丢弃狗的行为有些太随意，但我并不记恨他。BOOK健康地成长着，给周围的人以幸福，而自己也同时拥有了幸福的生活。

摩托飞驰，经过当年的道路，从省道向东，沿堤坝在河岸下车。

我停下车，脱下安全帽。

河滩还像以前那样。风很大，水面波光粼粼。我选了一个景色开阔的地方，放下背包。

我把铁锹插在地上，使尽全身的力气铲着土。我想挖一个深深的坑，一个让BOOK睡得舒服一些的深深的坑。刮过河滩的风很大，汗水一会儿就被吹干了。

坑已经挖得差不多深了，我把铁锹放下，将BOOK的遗体放进里面，旁边放上食盆儿、破球等等。之后，我双手合十，为它祈祷。

我想了想，还有什么要埋的东西没有？BOOK喜欢的东西？……BOOK曾经喜欢的东西？……

我想起和BOOK一起度过的那一年。那时候的它是个额头圆圆的小家伙，每天就知道在我的房间睡觉,听着闹钟的声音安心地睡觉。闹钟……我回到摩托车旁。闹钟……

摩托车的车头上还绑着那块手表,就是在那天,她给我绑的那块手表。她那么想让我收下那块表,就擅自做主为我绑上的那块表。

我卸下手表,仔细看着。茶色皮革的手表,贴在耳边还能听到声音的手表。

嘀,嗒,嘀,嗒,嘀,嗒,嘀,嗒。

真切的手表走动的声音。已经远去的她,还在报时的手表。我把手表轻轻放在 BOOK 的身上。这样,BOOK 就能安心睡觉了。好吗?……我对她说。好吗?……这样好吗?……我忍住眼泪对她说。

天渐渐暗了下来。

填上泥土、播上花种、双手合十。

远处传来列车通过铁路桥的声音。急风从河滩刮过。

我坐在 BOOK 的坟边,点燃了香烟。六年没有抽烟了。我把烟供在它的墓边。

是时候了，摩托。本来就是为 BOOK 才复活的，是为她说"开摩托回去吧"才复活的。就这样吧，到此为止吧。再见了，摩托！我想坐新干线回东京了。

河滩边天色渐暗，断云间夕阳初现。与那时跟 BOOK 一道看见的夕阳并无不同。我向河里投着石子儿，石子儿划出一道美丽的抛物线，在水面上溅起点点水花。

夕阳中一个场景浮现眼前。是什么呢？……我凝神细想。一个驻足而立的少年？一个似曾相识的场景？

我又点燃了一支烟，躺了下来。

傍晚，草原，少年。赤足，远方，地平线。我肯定见过这个少年。

当我回忆起来的时候，差点儿失声叫了出来。那就是她留给我的少年。

有人神往着草原的对面会有什么。在我的印象里她就是这么说的。这就是她给我留下的、生生不息的象征。"你不觉得那个人就是神吗？"她说。

我熄灭了手中的烟。

灰暗的天空中，能看见金星一般的点点亮光。我闭上眼，沉湎于少年的想象。

无限延伸的想象，俯瞰之下，渐渐集中于一点，那就是少年的眼睛。我看着少年那黑幽幽的瞳孔，那像是有着神奇魔力的黑幽幽的瞳孔。

面对这个广袤的世界，少年在想什么呢？我潜入他的眼中，追随着希望、期待与好奇。他的眼中还有哀伤。那是一双在"绝对"面前无能为力却充满希望的眼睛。

我问少年，无数次地问那个困惑已久的问题。一个没有答案的问题，一个或许连问题都算不上的问题。

我睁开眼，慢慢坐起身。

从那以后，我们渐渐不再是 WE 了。不可思议的是，在她离开之后，WE 鲜明地成了 YOU，对我来说永恒的 YOU。

周围一片漆黑。我又一次向河中投石子儿。

石子的轨迹融进夜色之中，很快就消失得无影无踪。我只知道，水面涟漪依旧。